东瀛过客

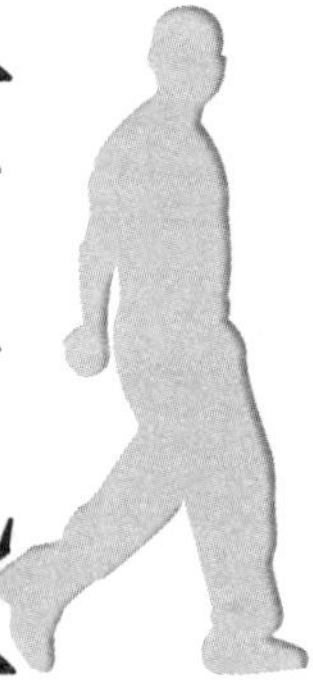

李兆忠 著

【全新修订典藏本】

幽默诙谐的笔调·精雕细琢的文字·常读常新的妙文

九州出版社
JIUZHOUPRESS

目 录

序 言

我所认识的知日派李兆忠

2000年李兆忠的《东瀛过客》刚一出版我即有幸拜读，并且写了一篇书评《过客与过客——关于李兆忠的日本体验》，先发表在北京的《中华读书报》，后来又发表于东京的《留学生新闻》。十年之后，作者对这本书作了较大幅度的修订和提炼。现在新版《东瀛过客》即将出新，作者嘱我作序，我认真读了全文，忽有白驹过隙之感。十多年居然已经过去！

认识李兆忠之前，先认识了他的文字。当然都是写日本的。发表在东京《留学生新闻》上的，还有1998年出版的《暧昧的日本人》。那时候我尚在日本做老留学生，1998年年底回国之后到中国社会科学院文学研究所任职，与李兆忠成为同事，交往多起来，遂成为朋友。我在书评《过客与过客》中写及李兆忠的外貌，曰："一位白面书生，身材不高，戴着眼镜，有些弱不禁风，却常常提着一个大包，走起路来昂首挺胸，看上去有些悲壮。"十多年过去，李兆忠的外貌好像没有太大变化。大概是他经常打乒乓球、注意养生之故，或者是我经常与他见面，意识不到他外貌的变化。不过，他学问方面的变化却是很大，日本研究成果甚丰。《暧昧的日本人》一再修订出版，至今已有四个版本，2006年出版了《看不透的日本——中国文化精英眼中的日本》，2010年又出版了专著《喧闹的骡子——留学与中国现代文化》。“暧昧”、“骡子”这些一般性的词汇，经过他的陌生化、学术化处理，变为重要的文化界说。这些研究成果，使他成为中国知日派学者中的重要人物。

称李兆忠“知日派”还是“知日家”，其实我是有选择的。称“知日派”，是强调他所属的那个日本研究群体。在近代以来的中国，曾经有两个时期大量出现知日派。第一个时期是清末至民国初年。黄遵宪、周氏兄弟、郭沫若、戴季陶、陶晶孙等人就是那时出现的。那与同时代中国人的留日大潮有关。第二个时期是改革开放之后。在经过十五年抗战和建国后三十年间的闭关自守之后，从八十年代初期开始，大量中国人留学日本，新一代的知日派由是而生。尤其是最近十多年间，众多留日中国人学成回国，拿出了许多日本研究成果，成熟并且有分量。这个群体比较庞大，确实已经形成新一代知日派。李兆忠是其中的一位。

在我看来，李兆忠的日本论至少在三个方面做得很成功：一是“自我”的直接介入。这个“自我”并非某种理论、观点的所有者，而是一种“角色”——通过感觉日本、认识日本被重新塑造、重新定义的“角色”。二是感性与理性的统一。李兆忠在谈论日本的时候，总是能够从生动的、涵义丰富的事实之中，归纳出理性的、普遍性的认识。三是微观与宏观的结合。李兆忠的日本论常常是将个别“文本”作为起点，最后涉及很大、很宏观的问题。

在李兆忠的日本论中，《东瀛过客》一书其实具有“原点”的性质。书中各篇主要是讲述李兆忠留日时期至归国初期的许多故事，而李兆忠的日本研究正是从感受日本开始的。因为是具有个人性的故事，所以“自我”的介入更充分，也更感性、更具体。有几篇似乎可以作为小说来读，实际上这几篇的文体确实很“文学”。我佩服李兆忠面对“自我”的方式。书中的那位“李兆忠”，有时让我哑然失笑，有时让我心生感慨。作为“过客”经历过“岛国炼狱”的李兆忠，在某些方面已经完成了自我超越。所以，他才能够那样轻松自如地调侃自己。超越自我的人是强者，李兆忠日本论的力度与此有关。虽然力度过大偶尔也会导致失之于偏。“故事”总是包含着更多的可能性，所谓“形象思维大于思维”。《东瀛过客》因为是“故事”，所以常读常新。我在相隔十年之后重读这本书，依然有不少新的想法。

对于写作的人来说，著作能够再版是一件幸福的事。再版表明一本书有读者，表明著者写作的成功。被阅读是图书实现其社会价值的前提。在新时期的中国知日派中，像李兆忠这样幸福的作者并不多，像《暧昧的日本人》这样多次再版的日本论亦罕见。现在，《东瀛过客》的修订与再版，又一次表明了李兆忠日本论的社会性与生命力。

中国人与日本人差异很大。有时候我甚至觉得，这种差异大于中国人与美国人、中国人与欧洲人的差异。诡异的是，这种巨大的差异常常被共有的汉字、共有的黄皮肤所遮蔽。因为这种差异的存在，所以走出国门的中国人融入日本社会比融入欧美社会更困难。“留日反日”现象的出现亦与此有关，“过客”常常成为留日、旅日中国人的宿命。在此意义上，“东瀛过客”这个书名对于中国人来说具有几分暗示性与象征性。中国人阅读《东瀛过客》，不仅能够看到作为“对象”的“东瀛”，并且能够看到作为“过客”的自我。

董炳月 写于茶城新居

2011年8月28日

在这个景色如画的岛国里，一切呈现矛盾的对立统一：本能与驯服、现实与神话、人工与自然、美丽与丑陋、文明与野蛮，你中有我、我中有你地纠结，令人叹为观止。东瀛游学4年，遭遇无数尴尬与误读，匪夷所思，耐人寻味。

第一编

东瀛炼狱 似真似幻

1. 伊豆小姐

未去日本之前，偶尔看见那些艳丽逼人的浮世绘美人图，总以为那是舞台上的形象，或是出自好色男性画家的美化夸张。到了日本后，我才惊讶地发现，人家本来就是这个样子。

日本女人真是太富有装饰情调和才能了，她们在这方面倾注的热情和精力，简直可以惊天地、泣鬼神。相比之下，我们中国女人不能不显得太朴实，甚至粗鄙。由于这个原因，刚到东京那一阵子，我那双已经看惯中国女人的眼睛在打量日本女人时，老是出差错，甚至闹出天大的笑话来。现在回想起来，真是太不好意兮（思）了。

走在东京街头，常为这样的情形所困扰：远处的摩登女郎，到了近处，变成了风韵犹存的半老徐娘，到了眼前，则成了一个浓妆艳抹的老太太。当然，这只是一般的魔术表演，代表草根的美学水准，至于上流女子的精湛表演，就不是我等大而化之的中国男人所能看破的了。退一步说，即便已经看破，也会着迷。总之，在东京一不小心，就会撞上美人。

在我所有这一类经验教训中，给我留下最深印象的，莫过于伊豆小姐了。

那时我刚到东京不久，有一天在银座繁华的街头闲逛，偶尔闯进了一家画廊。当明亮的玻璃门徐徐地自动打开，随着一声清脆柔软的“いらつしやいませ”（欢迎光临），我感到一阵眩晕，幽柔的灯光里，在周围浮世绘美人图的映衬下，一个亭亭玉立的美少女正在笑吟吟地向我鞠躬敬礼，她是那样的光彩照人！一张俊俏的脸，含情的眼，甜甜的酒窝，还有那优美的脖子，无不使人心驰神摇，不能自已。说实在的，比起墙上的那些江户佳丽，眼前这位美人看上去毫不逊色，而且，只有她才是活生生的，有呼吸，有体温。

东京江户美术馆中，陈列与氛围宛如梦境，让初到日本的作者很惊异。伊豆小姐虽然不是现实中的“这一个”，却代表了上流东瀛女子共同的审美品位：媚中有幻。

用不着掩饰我当时失魂落魄的样子，她实在是太迷人了。可以说，这是我有生来第一次看到这样的美人，我几乎连正眼面对她的勇气都没有。然而，在她亲切的引导下，我的慌乱很快变成了仰慕。她说的日语动听极了，语调婉转依人，宛如仙乐。我恍恍惚惚，脚底轻如鸿毛，屏气凝神，听她解说这些浮世绘名作的时代背景、艺术风格以及收藏价值，其实未必明白她在讲些什么。这种情形与催眠状态没有什么两样。最后，鬼使神差般的，我爽爽快快掏出两万日圆，买下一幅喜多川歌麻吕的浮世绘美人图。值得说明的是，我是个穷留学生，靠打工度日，平常花钱很小心，两万日圆，几乎相当于我一个月的伙食费。

这就是我第一次同伊豆小姐见面的情形，当时我根本没想到，后来她会成为我的老板。而事实上，这两件事有内在的联系。总之，从那以后，我再也忘不了这家画廊，一有机会就往那儿跑，脚底好像装了定位器一样。对我的每次光临，伊豆小姐总是热情接待，殷勤有加，使我如饮美酒，陶醉不已。时间一长，伊豆小姐发现我不是真正的买家，也没有显出任何的冷淡，这使我感激万分，大有为她鞠躬尽瘁、死而后已之意。伊豆小姐随口说点什么，我就记在心上，想方设法为她效劳。其实，作为一个外国留学生，我的能力极有限，所能做的无非就是为她提供一些信息，跑跑腿而已。好在我是一个美术爱好者，对东京的美术馆、画廊非常熟悉，几乎达到如数家珍的地步，而这些地方，几乎是我寂寞的异域生活唯一的消遣之处。因此每次去伊豆小姐的画廊，总能带去不少新闻与话题。看得出伊豆小姐对美术市场的行情很敏感，对我提供的信息十分关注。就这样，我们一直保持着友好的关系。我对伊豆小姐的崇拜之情与日俱增。

若干日子后的一天下午，我接到了伊豆小姐的电话，激动得差点背过气去。电话里，伊豆小姐问我能否去她画廊帮忙一段时间，说最近业务特别忙，需要一个帮手。我握着电话，结结巴巴半天说不出话来，差点引起她误会。我急得一跺脚，才把意思讲了个透彻——别人的请求我可以拒绝，伊豆小姐的请求，我能拒绝吗？

然而，使我深感意外的是，自从成为这家画廊的临时雇员，伊豆小姐对我的态度随之一变，简直判如两人。那天我兴冲冲地提前三十分钟去上班，像往常一样和她打招呼，得到的却是冷淡而有礼貌的回礼。伊豆小姐换上了一副不卑不亢、公事公办的面孔，使我一时如坠五里雾中。

但是，等我再次看到伊豆小姐笑吟吟地站在画廊门口向到来的客人发出清脆柔软的“いらつしやいませ”时，我终于觉悟了。我认识到，自从我成为这儿的临时雇员，我同伊豆小姐的关系发生了质的变化。以前我是画廊的客人，按照资本主义世界的逻辑，客人就是上帝，也就是说，我好歹也属于上帝的行列。而现在，我已经从上帝降低到打工的，而伊豆小姐则从仆人上升到我的老板。因此，她对我这种态度上的变化是非常合情合理的。明白了这一点，我便有了自知之明，伊豆小姐及时地治了我自作多情的毛病，我对伊豆小姐的崇拜一点不减。

画廊的工作与我原先想象的不大一样。说是帮忙，其实跟做小工差不多：搬运画框、布置展览、捆扎装箱、清扫场地、给客户送作品，所有的粗活、力气活都由我一个人干。尽管如此，我依然干得有滋有味。说实在的，能和伊豆小姐这样的美人在一起，听听她天使般的声音，看看她仙女般的容貌，闻闻她身上迷人的气息，便是人生莫大的福分了，吃点苦、受点累算得了什么？只是有一天，一个偶然的小发现，让我惊奇了半天。

事情是由一次不经意的开怀大笑引起的。伊豆小姐平时很少这样大笑，偶尔即使有尽兴一点的笑，都是用手捂住嘴，显得礼貌而优雅。可以说这是一次罕见的疏忽。追究起来，要怪伊豆小姐的老主顾，那位阔气的社长太太，不知说了一句什么特别好笑的话，竟让伊豆小姐笑得前俯后仰，来不及捂上嘴。结果，两颗结实的虎牙在我眼前一亮——那时我正好去给她们上茶！

摄于箱根雕塑森林。作者曾在这里流连忘返。

虽然这只是极短促的一刹那，不知为什么，从此以后伊豆小姐露着虎牙开怀大笑的样子时不时地在我眼前出现。那是一副天真未凿、充满稚气的神情，令人想起电视剧《阿信》里童年的女主人公，同眼前彬彬有礼、举止高雅的画廊掌门小姐风马牛不相及。于是我开始对伊豆小姐有一种新的眼光。

我很快注意到，伊豆小姐喜欢穿长裙，即使是冬天，冒着寒冷也要穿长裙。伊豆小姐也时不时地穿和服，将小巧玲珑的躯体包装得天衣无缝、优美如画。伊豆小姐拥有各式各样的长裙与和服，数量品种之多，可以开展销会。伊豆小姐走起路来昂首挺胸，露着好看的脖子，长裙下摆一直落到脚后跟，看上去又飘逸又潇洒，样子煞是动人。

我很欣赏伊豆小姐对长裙的选择，但真正对此中奥妙的理解，是在一天晚上下班回家的路上。

伊豆小姐下班后从来不同我一起走。理由很简单，她是汽车族，每天开着高级的“丰田”上下班，我是个穷留学生，每天挤地铁。那天晚上伊豆小姐破天荒第一次与我一同下班回家，是因为她的汽车刚好送去保养，而那天路面交通拥堵厉害，打车不方便，伊豆小姐决定坐地铁回家。对此我感到很兴奋。

那之前刚刚下过一阵暴雨，通往地铁车站的道路上残留着一片片浅水洼。伊豆小姐昂首挺胸，不紧不慢地赶着路。在经过一片比较大的浅水滩时，伊豆小姐略一迟疑，撩起长裙，不经意间撩得高了些，两只险峻高耸的皮鞋后跟支着一对浑圆粗壮的小腿肚子，蓦然暴露在我眼前，我惊异地发现：伊豆小姐的小腿竟是那么短！

必须声明的是，这完全是无意中的发现，就像我那次看见伊豆小姐的虎牙那样，与性压抑、性窥视之类的流氓行为没有一点关系。事实上，这也没有什么大不了。这个意外的发现并没有动摇伊豆小姐在我心目中早已刻定的形象，她依然是我心中美的偶像。我为她的智慧和对美的执着而感动。

真正使我受到震撼的，是两个星期后的一个下午，我崇拜的偶像此时濒临崩溃。

那天下午四点许，伊豆小姐出席完拍卖会回到画廊的时候，我居然没有立即认出她来，而且用了只有客人光临时才用的“いらつしやいませ”来欢迎她。不消说，她的模样全变了，我根本无法把眼前的她同那个曾经笑吟吟地站在画廊门口迎接我、含苞待放的美少女联系在一起。出现在我面前的，分明是一个中年妇女。

我一时陷入恍惚，竟有时空错乱的感觉。记得以前读过一本美国作家写的科幻小说，讲一个乘坐宇宙飞船在超光速世界里飞行了一年后的父亲回到地球，发现儿子比自己老迈。难道我是刚刚乘坐超光速飞船遨游太空一周，回到这里？

接下来发生的事情更叫我目瞪口呆，怀疑自己的眼睛出了毛病：只见伊豆小姐迅速从办公桌抽屉里取出一只小荷包，疾速朝化妆间奔去。十五分钟后，她又同往常一样，光彩夺目地回到了画廊。

如同变戏法一样，伊豆小姐又恢复了原来的模样。

我此时才恍然大悟，今天上午出门时，伊豆小姐忘了带那只生死攸关的荷包；我这时也才明白，伊豆小姐为什么每天一吃过中午饭，就要去化妆间待上一段，然后又青春焕发地回到画廊。

从此我得了强迫症，伊豆小姐的脸每时每刻都在我眼前晃动，它一会儿露出虎牙开怀大笑，一会儿松弛耷拉、老态龙钟，一会儿青春焕发、含苞待放。当我时不时地强迫自己去注意那张脸的时候，我怀有一种深深的恐惧，担心这张美丽的脸会突然崩坏枯萎，如同一场精彩热闹的好戏突然落下帷幕。与之同时，我对时间变得格外的敏感，每隔几分钟就要抬起手腕看看手表，因为我知道，伊豆小

伊豆小姐的脸正在经受时间这个天敌无情的挑战与考验，那里正在无声无息地进行着一场文明与野蛮、美与丑、真与伪的艰苦卓绝的搏斗和较量……

姐的脸正在经受时间这个天敌无情的挑战与考验，那里正在无声无息地进行着一场文明与野蛮、美与丑、真与伪的艰苦卓绝的搏斗和较量……

然而，奇怪的是，在西洋镜终于戳穿的现在，伊豆小姐对我的吸引力依然不减。我发现，伊豆小姐身上那种不可思议的魔力，不仅仅来自化妆药水与长裙的掩护，更来自一种气质，一种超现实的幻美。日本人执迷于这种美，不管过去还是现在。目睹伊豆小姐在客人面前出神入化、一丝不苟的表演，我备受感动，无暇注意别的细枝末节。我终于体会到，伊豆小姐能在银座这片画廊云集、竞争激烈的寸金之地上做生意，游刃有余，正是得力于这种魅力。伊豆小姐为她的客人制造了一个又一个美丽的神话，为此，她本人俨然就生活在神话里。久而久之，现实与神话合而为一，你中有我，我中有你。

面对伊豆小姐那张变幻莫测的脸，我恍恍惚惚如坠梦境，就像两千年前的庄生梦蝶，搞不清楚究竟是自己变成了蝴蝶，还是蝴蝶变成了自己。

写于1992年，时在东京，1999年改定

2. 皮尔的生日

“汪汪”——

随着厚重的铜门缓缓推开，传进两声欢快的狗叫，酒吧里顿时沸腾起来：“皮尔来了，皮尔来了！”小姐们你呼我唤，乱作一团。

妈妈一身黑纱裙，头发高高挽起，怀抱皮尔，面带微笑，神情端庄地出现在酒吧门口。

皮尔静静地蹲在妈妈怀里，伸着脑袋，机灵地打量着眼前的丽人们，不时很有把握地发出两声“汪汪”，向它的崇拜者致以热烈的问候。

我站在吧台里，远远望着皮尔，心中涌起复杂的情思，一想到今晚将有一场不同寻常的生日庆祝会，自己为皮尔准备了特殊的礼物，我的心不由微微跳荡起来。

今天是皮尔的周岁生日。

我敢说，这是一只人见人爱的玩意儿。也许只有它，才是属于那种既漂亮可爱又不遭人嫉妒的东西。那毛茸茸、胖乎乎的身体，跑起来一闪一闪的耳朵，那只永远都湿漉漉、亮晶晶的鼻子，还有那条总是卷得结结实实的小尾巴，无不给人难以言传的愉悦。而最令人感动的，还是它的眼睛。那对隐藏在浓密的茸毛底下的明亮的眸子，是那样的天真无邪，比起人类的眼睛，要纯洁得多。也许只有个别的艺术家或宗教信徒，才拥有这样的眼睛。

我如此赞美皮尔，并非出于对狗的特别喜爱，而是由于皮尔对人一视同仁的君子之风。它完全不像契诃夫笔下那条任性、刁钻的狗，也不是那种趴在阔佬家门口，专冲穷人龇牙咧嘴的狗。皮尔从不因为我是中国人、是个穷打工仔而对我有任何蔑视和冷淡，相反，它常常对我表现出格外的亲热，使我在冷漠的异国他乡感到些许温暖。自从见到皮尔，改变了我对狗的看法。

除此之外，还有一个更现实的原因使我不得不感激皮尔：皮尔曾解救我于危难之际，帮我度过人生的难关。假如我是一名基督徒，我肯定会说：是上帝为我派来了皮尔。

由于阴差阳错的运气，一年前我在赤坂见附一家名叫“蒙娜丽莎”的高级酒吧找到一份吧台工作。但好景不长，不到一个月，我就面临被炒的危机。这首先要怪自己太无能，无法胜任这个工作，比如，我的动作永远跟不上妈妈的吩咐，我兑制的鸡尾酒，味道总是不地道；我喊的“欢迎光临”、“欢迎再来”问候语，发音也不对，纠正了多少次都不管用……

最不可饶恕的，是有一次我差点毁了那瓶价值百万日圆的法国白兰地！我稀里糊涂地折断了瓶塞，还不知天高地厚，打算把卡在瓶颈里的木塞拔出来。要不是妈妈发现及时，厉声阻止，木塞肯定被我捅进瓶子。自从那件事之后，老板见了我再也不说一句话，那张难看的脸，如同暴风骤雨前漫长的阴沉，使我备受煎熬。

我整天提心吊胆，不知所措。妈妈的态度，也叫我愈来愈无所适从。经常是一分钟前还笑容可掬的她，突然就挂起脸来，斥责我这也不是，那也不是。那张变化多端的脸，就像永远猜不透的司芬克斯之谜，有时候很年轻，有时很苍老；有时柔情似水，有时冷酷刻薄；有时单纯如天使，有时世故如市侩。在妈妈面前，我发现自己成了一个十足的“八格”（傻瓜），不要说讨她喜欢，连正常的反应都作不出来。

妈妈已经不止一次暗示我可以不来上班，我也作好了思想准备随时滚蛋，不过要我自告奋勇向老

东京赤坂，一家名为“蒙娜丽莎”的高级酒吧中，身穿和服的美人是“妈妈”的原型。故事中皮尔小狗、遭老板抛弃的妈妈，都有真实的依据，为旅居日本的作者提供了写作素材。这张照片系作者与“妈妈”的合影。

板辞活，还没有这样的高风亮节。这倒不是我脸皮特别厚，而实在是出于无奈：丢了这儿的饭碗，叫我再上哪儿去找？因此对妈妈的暗示，我尽量装糊涂。我越是装糊涂，妈妈的脸色就越不好看。这种日子，真不是人过的。

是皮尔，把我从困境中解救了出来！

与皮尔第一次见面的情形，至今仍历历在目。那是一个周末的夜晚，在酒吧小姐们惊喜的目光和一片赞叹声中，老板将一只系着大红蝴蝶结的小摇篮，隆重地交到妈妈手中。出生不久的皮尔静静地躺在里面，瞪着一对清澈明亮的眸子，新奇地打量着这个陌生的世界。这是老板送给妈妈的生日礼物。

皮尔的到来，犹如混沌的黑暗划开了一道亮光，刺激了我的灵感。我眼前蓦然闪现房东太太牵着它的掌上明珠——那只长相奇丑却有一种说不出的可爱的狗，每天散步，风雨无阻；黄昏时分寺庙神社前，大大小小、形形色色的狗欢蹦乱跳，互相追逐嬉戏；还有东京涩谷车站广场那座远近闻名的忠犬八公雕像，周围簇拥着约会的人们……一个自我救助的计划在脑子里迅速生成：是呀，日本人爱狗，在日本狗是忠诚的象征，如果抓住这根救命稻草，或许能挽救眼下的生存危机。

第二天晚上，我静观默察，寻找机会。趁客人稀少、活儿不紧，妈妈刚好踱步到吧台时，我鼓起勇气凑上去问："准备给'赤ちゃん'（日语对婴儿的昵称，相当于宝宝）起个什么好名字呢？"

妈妈颇为意外地看了我一眼，仿佛第一次认识我似的，然后笑了，看得出她的心情很不错。

"是啊，取个什么名字好呢？"她自言自语地沉吟起来，隔了一会，她问我："纯洁这个词，用英语怎么说？"

"pure！"我脱口而出，然后又说出另外几个词。

妈妈让我全部写下来，听我念了几遍，自己也念念有词起来，经过比较后，作出决定："还是pure好听，就叫皮尔吧，皮尔！"

从那一刻起，皮尔的名字就在酒吧叫开了。

我心里好不得意。我有一种戴罪立功的感觉，而且，我也觉得皮尔这个名字真的很不错。

自从有了皮尔，我同妈妈开始有了话题，对她那张变化莫测的脸稍微有了一点把握。与之同时，一个前所未知的宠物世界在我眼前展开。上学打工之余，一有空我就跑书店，专找有关幼狗饲养的书认真读，熟记在心。新宿有一家书店，专门经营有关狗的书，种类之多，令人叹为观止。其中有一个月的狗应如何饲养，喂什么食品，垫什么尿布，用什么沐浴液；两个月的狗、三个月的狗、半年的狗应如何如何，东京数百家狗医院的地址、医生的特长，都有细致的介绍，令我感叹做日本的狗真是无上的幸福。这些学问帮了我大忙，成为我与妈妈沟通的捷径。不知不觉中，我同妈妈的距离拉近了。一谈起皮尔，我们就有说不完的话，简直像知心朋友一样。而且我惊奇地发现，我的日语会话能力急速提高，自信心也随之大增，那两句老是发不准音的问候语，现在也迎刃而解。

“皮尔今天过得好吗？”每天晚上见了妈妈，和她道完礼，我首先打听的，就是皮尔。

每逢这时，妈妈总是兴致勃勃、绘声绘色地把皮尔这一天的各种有趣的表现细述一遍，诸如小家伙喝水时不小心呛了打喷嚏啦，夜里睡着时自己被皮尔的小爪子搔醒啦，等等。我呢，总是不失时机，恰到好处地将皮尔夸上一通。

自从有了皮尔，我的工作效率大大提高，失误明显减少。妈妈对我一向的警觉、抱怨和挑剔，现在变为放心、夸奖甚至讨好。这使我受宠若惊，恨不得使出吃奶劲儿为她效劳。我刻苦钻研，把鸡尾酒调得又快又好，把上百种白兰地、威士忌的名字及它们在酒架上的位置记得一清二楚，只消妈妈一声令下，便话到酒到，弹无虚发。

妈妈已不止一次当着老板的面由衷地夸奖我，老板那张难看的脸终于由阴转晴，开始主动与我打招呼，还鼓励我加油干。至此，我心头的那块石头终于落地。

必须声明的是，我决不是那种耍小聪明的机会主义者，借天真无邪的皮尔来保自己的饭碗，而是真的迷上了皮尔。每当妈妈怀抱皮尔出现在酒吧门口，那一晚对我来说，就是一个欢庆的节日；皮尔的每一声叫唤，胜过一首美妙的乐曲，小尾巴每一次抖动，抵得上一场精彩的表演。记得我第一次抱起皮尔，皮尔搭起它的前腿，昂起头，伸出它湿漉漉、毛糙糙、薄薄的小舌头舔我手背时，我激动得几乎要掉泪。多亏有了皮尔，我才不至于再次流落街头，一家一家去乞求干活，遭受轻视与白眼啊！

然而，当有一天我终于知道皮尔对于妈妈意味什么时，一种内疚使我无地自容，甚至觉得自己是在趁火打劫。我早就发现，自从送了这件生日礼物，老板就不大在酒吧露面了。在此之前，他几乎每晚必来，释放一天的疲劳。老板和妈妈是情人关系，这一点大家心照不宣。老板炒房地产发财后开了这家酒吧，请妈妈帮助打理。妈妈过去在演艺圈里混，虽不入流，却有一副迷人的身材与容貌。那时，老板对妈妈感情很投入，俩人经常一起唱卡拉OK。拿手的曲目，是有名的男女二重唱《情人的关怀》（日语《北空港》），唱到动情处，妈妈潸然泪下，老板眼睛也是红红的。酒吧关门时，俩人常常犹不尽兴，互相搂着胳膊，到别的地方继续玩个痛快。

一天晚上，久不露面的老板突然现身酒吧，还带着一位年轻美貌的女郎。我这才恍然大悟，老板在外面有了新的情人，因此乐不思蜀。作为一个旁观者，我不得不承认，比起眼前这位秀色可餐的新人，妈妈显得人老珠黄，失去老板的欢心，也是无可奈何的事。使我感到意外的是，妈妈对老板的新情人殷勤有加，表情自如，两人说说笑笑，俨如姐妹；老板见了妈妈，看上去也是亲密如故，令人惊叹日本礼仪强大的制约力量。但我还是发现，妈妈变了，少了一点跋扈，多了一分沉静。也许是皮尔的到来，焕发了她的母性之光。

至此我终于觉悟：皮尔是老板送给妈妈的分手礼物，象征着他们恋人关系的结束。这是一份多么

使我感到意外的是，妈妈对老板的新情人殷勤有加，表情自如，两人说说笑笑，俨如姐妹；老板见了妈妈，看上去也是亲密如故，令人惊叹日本礼仪强大的制约力量。

暧昧的礼物！老板明明遗弃了妈妈，却又送给她这样一份象征忠诚的礼物，而妈妈又是那样热爱这件礼物。其中的纠葛，真是令人思谋不透。

离酒吧开张还有一段时间，小姐们早已等不及了。熄灭主灯后，妈妈拿出一只小小的生日蛋糕，插上一圈红蜡烛，一支支点上。亮晶晶的火苗，映照出一圈兴奋的笑脸，烘托出一片节日气氛。随着砰的一声响，我打开一瓶香槟酒，给每个高脚杯斟上。大家举起酒杯，围着皮尔唱起《祝你生日快乐》。在妈妈的帮助下，皮尔直起身子，抖动前足，状如作揖，高兴得汪汪直叫。最后妈妈代表皮尔吹灭蜡烛，切开蛋糕。

接下来是向皮尔赠送生日礼物。小姐们纷纷拿出自己精心准备的礼品，藏在背后，准备给皮尔一个惊喜。中村小姐把一只明晃晃的项链牌挂到皮尔的脖子上，赢得一片笑声；加代小姐拿出一条粉红色折边小裤子给皮尔穿上，引起一阵热烈的掌声；最绝的是阿曾小姐，她拿出一副特制的金丝边小眼镜，成功地架到皮尔的耳朵上，把大家笑得东倒西歪……

轮到我了。

我拿出一只深红色的高级丝绒盒，轻轻放到桌子上，打开盒盖，立即响起优美柔和的乐曲声，那是勃拉姆斯的《摇篮曲》。

酒吧里突然沉寂下来。

丝绒盒在小姐们手中传递着，伴随着轻微的询问和惊叹。最后盒子传到妈妈手中，妈妈凝视良久，眼睛渐渐湿润起来。

丝绒盒里放着一块厚厚的椭圆形高倍放大镜。镜片底下是一枚洁白的牙齿，上面刻着几个字：祝皮尔生日快乐。这枚牙齿原本只有米粒那么大，然而在高倍放大镜之下，上面每一个字都清晰可辨。

说起这枚牙齿，还有一段小插曲。几个月前的一天，妈妈神秘兮兮拿出一包东西请大家看，里三层外三层打开之后，是一片微小的磁片般的东西，妈妈让大家猜这是什么，小姐们皱着眉头，猜了半天，谁也没有猜中。只有我一语中的："皮尔换牙了！"妈妈一喜之下，就把它送给了我。后来一位搞微雕的朋友应邀来东京开展览，他精湛的绝技激发了我的灵感，在我的请求下，他在上面刻下这几个字。

接下去，一件令我吃惊的事情发生了：妈妈含着两汪泪水，一手抱着皮尔，一手拿着丝绒盒，向我深深鞠了一个躬，伴随一声无限柔情的"ほんとうにありがとうございました"（真是太感谢你了）。

妈妈的真诚感谢，使我愧疚交加，头皮有点发麻。慌乱中，含含糊糊地回答：“不敢当，不敢当，应当感谢的是我……”我发现自己有点语无伦次，赶紧闭嘴。

汪汪！

皮尔的两声叫唤冲破短暂的伤感，酒吧里又喧闹起来。

写于1991年，时在东京，1999年改定

3. 一瓶法国名酒引发的恐慌

一个春意盎然的周末之夜，一群穿着考究、派头潇洒的年轻人来到了“蒙娜丽莎”酒吧，小姐们立即忙碌起来。妈妈身穿美丽的和服，从容自如地周旋于客人中间，宛如一条机敏的游鱼穿梭于水藻珊瑚中，柔美得体的谈吐，赢得客人们一阵阵欢笑。

我挺直身子，一边对客人行注目礼，一边欣赏妈妈的表演。对我来说，眼前的景象已烂熟于心，然而对妈妈精湛的演技，却是百看不厌，就像欣赏一幅杰出的绘画，越看越有味道。

客人们在小姐们的簇拥下进了雅室，我也开始忙碌起来，拿出酒杯，敲碎冰块，从保温柜里取出毛巾卷，放进漆器托盘里。等小姐们来到吧台时，一切已经准备就绪。

不一会儿，妈妈踩着小碎步兴冲冲地朝我走来，脸上一片兴奋，还未到吧台，就指着酒架正中向我吩咐：“李桑，把那瓶白兰地递给我！”

我心里咯噔一下，几乎不敢相信自己的耳朵，一时没有反应。在妈妈的再次催促下，这才小心翼翼地从酒架正中取下酒瓶，轻轻地放到吧台上。妈妈接过酒瓶，抱在怀里，宛如抱着一个婴儿，飘然而去。我注视着妈妈的身影，直到消失在雅室门口，心里涌起一阵莫名的感慨。

这是一瓶名贵的法国白兰地，由于价格过于昂贵一直无人问津，已在酒架上摆了三个多月。今天，终于遇到了它的主人！而对我来说，这瓶酒有着不同寻常的意义，将使我终生难忘。

这的确不是一瓶寻常的法国白兰地。

每天晚上，当我身着白衬衫、背带裤，系着黑色领结进到吧台，不由自主总会对它凝视片刻，敬畏之情油然而生。它昂居酒架正中，在柔和的聚光灯下，闪耀着冷彻的幽光；镌刻在瓶体上的古代大卫王头像，因此显得愈发威严和高贵。修长的瓶颈，扁圆形的瓶体，配上紫罗兰颜色，通体散发着一种古朴、典雅的风韵。最引人注目的，是那只晶莹剔透的水晶玻璃盖，状如皇冠、光芒四射，由于它的存在，整个吧台显得格外豪华气派。这时，我恍恍惚惚，陷于一种时空错乱的困惑：我怎么会在这儿？我缘何而来？这里的一切同我究竟有什么关系？恍惚中，脑海里闪出一个画面，那是印象派画家马奈描绘巴黎一家酒吧的场景：一位性感的摩登女郎，站在闪闪发亮的吧台里，肆无忌惮地打量着观众，背后巨大的镜子里，映照出酒吧里觥筹交错的喧闹与嘈杂。忽然，摩登女郎变成了我，一个可怜兮兮的书生，呆头呆脑地站在那里，画面立刻显得不协调起来。

其实，我与酒毫无缘分，一口酒下肚，脸就通红、心发慌、腿发软，因此对酒没兴趣。虽然读大学时也哼哼唧唧背过什么“对酒当歌，人生几何”之类，现在看起来全是无病呻吟。具有讽刺意味的是，漂流到日本后，我居然当上了酒吧的boy，穿背带裤，系黑领结，煞有介事兑起鸡尾酒来，真是有点滑稽。鸡尾酒这东西，以前光是在外国的小说或电影里看到，俨然就是西方现代文明不可少的点缀。现在才知道，那是没有品位的暴发户美国佬发明的玩意儿，世界上最莫名其妙的，莫过于那玩意儿。比如，把威士忌、伏特加、杜松子酒之类与可口可乐、雪碧、番茄酱什么的搅到一起，再起一个古怪的名称，什么“曼哈顿”啦、“高抛球”啦、“红眼睛”啦等等，就成了鸡尾酒。然而令人绝望的是，就连这样的事我都对付不了，常有客人抱办事精细的日本人，偶尔也会犯错误。其实，老板开这家酒吧，与我成为吧台boy一样，都是阴差阳错的结果。

怨，说我兑的鸡尾酒味道不正宗，弄得妈妈十分恼火。逢有客人点鸡尾酒，便站在吧台边亲自监督，这样一来，我就更加紧张，背得滚瓜烂熟的鸡尾酒谱一下子忘到了爪哇国。这时，我汗流浃背、手忙脚乱，连照葫芦画瓢的本事都没有了，气得妈妈差点晕过去。

命运的安排，有时真是离奇。

这首先当然要怪老板的眼力。办事精细的日本人，偶尔也会犯错误。其实，老板开这家酒吧，与我成为吧台boy一样，都是阴差阳错的结果。老板的本行是房地产，在东京大阪拥有可观的地产和别墅，那是在80年代泡沫经济狂潮中一夜暴富的结果，“蒙娜丽莎”酒吧，就是这次暴富的副产品。

这是一家和洋合壁的高级酒吧，分里外两部分。外面为洋式，一派豪华气派，金光闪闪、厚重无比的铜门，意大利产的大理石地面，凹下去两级台阶的吧池里，安放着造型古朴的圆桌和皮制的圈形靠背椅，墙上挂着欧洲古典铜版画。里面是经过现代化改造的和式房间，非常宽敞，铺着浅灰色地毯，两边放着真皮低沙发，沙发前是深红色硬木案儿，墙上挂着名家的日本画，尽头是座小小的演歌台。在洋式与和式之间，还有一个长桌会议厅，配有全套最先进的电视、音响设备，这里可举行西式宴会，也可召开董事会之类的会议。

老板雇我当吧台boy，与他开这家酒吧一样，同样是出于附庸风雅的心理，而牵线搭桥的，却是我的哥们儿小王。小王白天在一所专门学校读书，晚上在六本木一家高级酒吧当boy，老板常去那儿消费，认识他。小王长得帅，是个出色的吧台boy，老板便问小王有没有像他那样的人可以介绍。小王马上介绍了我，因为此时我正为饭碗发愁。小王是北京人，很会忽悠，把我吹得天花乱坠。然而对老板来说，东京大学留学生的身份，是他最感兴趣的，其余的优点则为理所当然，当场就拍了板。面试那天，老板对我极客气，说了一大堆不着边际的恭维加卖弄的话，而对我的打工历史却一句也不问，显然小王的忽悠严重地误导了他。然而真正的陷阱却是他的虚荣心。老板没有上过大学，在等级森严、秩序井然的日本社会里能混出今天这个模样，实属不容易。在这样一个重文凭看学历的社会，受到压抑也是可以想象的。现在雇一个东京大学的留学生在自己的酒吧当boy，实在是一件很体面的事情，也是一种极好的心理补偿。开张那天，老板的亲朋好友跑来庆贺，热闹非凡，老板

"蒙娜丽莎"酒吧开张之初，美女与鲜花互相辉映，宛如美轮美奂的人间仙境，令作者恍兮惚兮，莫可名状。然而，这里同样受到严酷的生存竞争法则的制约，当一瓶法国名酒险些被毁坏，这里气氛便一度凝重，鲜花与美女黯然失色……

总不忘记领他们到吧台前，得意洋洋地介绍一句："李桑，东京大学的留学生。"客人马上显出一副惊讶的神色，说："えらいですね"（真了不起呀）。这时我几乎成了供人欣赏的珍奇动物。

不幸的是，老板的得意劲儿还没过去，我就现了原形。老板绝没有想到，这个东京大学的秀才竟是那样的不中用，简直不可救药。首先，我的反应实在太迟钝，根本跟不上妈妈的吩咐和小姐们的拜托，总是丢三拉四，急得小姐们面面相觑，奇怪怎么遇上这么一个吧台boy。每逢这时，妈妈只好把厨子叫出来救急。不过从我的角度看，妈妈也有问题，她从不考虑我是个中国人，到日本没多久，日语能力很有限，细声快语地一句话扔过来，我要是都能听懂就怪了。每逢这种时候，我只好根据经验和场景气氛尽量地猜，当然不可能全部猜中。猜错时，少不了引起一番混乱。不过这些还算是小事，厚着脸皮多说几遍“对不起”，赶紧改正也就过去了。而有一件事情，却是非同小可，甚至连我自己都无法接受。

我永远不会忘记那个夜晚。因为就在那个晚上，向来和颜悦色、仪态万方的妈妈，一下子收起了温柔动人的微笑；平时风度翩翩、模仿绅士派头的老板，脸色变成了猪肝；如花似月的小姐们，也都失去了往日迷人的风采。所有这一切，都是由一瓶名贵的法国白兰地引起的。

我至今仍不清楚自己究竟是怎么闯下这个大祸的。我也不大明白：一瓶名贵的法国白兰地，酒瓶盖何以如此脆弱。总之，当我奉妈妈之命，试图将一瓶刚送来的法国白兰地拔下木盖，换上水晶玻璃盖放上酒架时，不幸的事情就发生了。我记得我是一只手按住酒瓶，另一只手捏住木盖，准备把它拧出时，木盖却自动脱落了，留下一段木塞在酒瓶里。

我隐隐觉得事情不妙，后悔自己太鲁莽。看看这瓶酒豪华的包装和古色古香的气派，知道不是一般货色。我心里有点发慌，怕妈妈知道，赶紧找出开瓶钻，想悄悄把事情解决。然而，就在我把钻尖放到木塞上，准备拧转时，一声惊喝在头顶炸响——

"住手！"

妈妈不知什么时候从天而降，站在吧台外面，眼睛瞪得像灯笼一般大，仿佛要把美丽的瓜子脸整个吞并掉。那副表情，简直比目击广岛原子弹爆炸还要震惊。

我意识到问题的严重性，提着开瓶钻不知所措地站着，分辩一句："我只轻轻一拧，它就……"

"八格！"（笨蛋）还未等我把话说完，就被劈头盖脑打断："那是拧的吗？应该朝上拔！"妈妈平常说话极有教养，用的都是敬语，像"八格"这一类的粗话是绝不出口的。

"那我就把它弄出来……"我还想为自己赎罪。

"你？"妈妈语气里透着嘲讽，停顿一段时间后，十分认真、几乎一字一顿地问我："你知道这瓶酒值多少钱？"

这一问如醍醐灌顶，使我猛然惊醒，意识到自己的胆大妄为，不知天高地厚。凭良心说，妈妈并非有意蔑视我，而是因为我有不光彩的前科摆在那儿。那一次妈妈让我开一瓶红葡萄酒，结果一败涂地，我只拔出半截软塞，另半截遍体鳞伤、优哉游哉地飘浮在酒面上。按酒吧的规矩，掉进了瓶塞的酒是不许拿到客人面前去的，因为价格昂贵的名酒，必须当着客人面为其斟倒。知道了这一点，我不禁对妈妈生出一丝感激之情。要不是这一声喝，我把这个瓶塞也捅下去了，事情怎么了结？凭我的技术，我怎敢保证顺顺当当把它弄出来！

妈妈拿起了电话。几分钟后，老板就赶过来了，身后还跟着秘书。酒吧的空气顿时凝重起来。老板对着酒瓶口打量了半天，又捡起那个被我拧断的瓶盖子看了看，脸绷得越来越紧。

我惴惴不安地待在吧台里，原以为会受到严厉训斥，出乎意料的是，老板根本不朝我看一眼，而那一脸的猪肝色却使我备受煎熬，如同坐在行将爆炸的定时炸弹上。妈妈冷峻的眼神，小姐们惊异的表情，也令我手足无措，狼狈不堪。后来我才知道，如果是日本员工闯下如此大祸，必定会主动向老板请罪，甚至下跪，而此时的我却呆若木鸡，连句“对不起”都没说，其实已经麻木。

后来我才知道，如果是日本员工闯下如此大祸，必定会主动向老板请罪，甚至下跪，而此时的我却呆若木鸡，连句“对不起”都没说。

老板开始向秘书发话，神色严峻，秘书连连弯腰点头，“哈依”“哈依”叫得山响，最后小心翼翼地将那瓶白兰地装进皮包里，疾步离开了酒吧。

约半小时后，秘书回来了，身后跟着一个五短身材的秃顶小老头。我认出，他是附近一家小酒铺的老板，叫岩崎。酒吧缺货时，我时常到他那儿购买。

一会儿老板又来到酒吧，见了岩崎，双方低头哈腰，叽里咕噜说了一大堆客套话。只见小老头翘着大拇指，将那瓶白兰地夸了又夸，那神情仿佛就像遇上了稀世珍宝。随后话头一转，露出些许难色，说这瓶酒太名贵了，依自己区区的本事，不敢贸然动手，现在特地来到这儿，当着您的面拔这个瓶塞，万一失败了，还请多多包涵。

老板神情庄重地点点头，说：“那就拜托了。”

岩崎把酒瓶端端正正地放到吧台上，从衣兜里掏出一把特制的银色开酒钻，调节一番后，开始操作。

酒吧的空气顿时凝固起来，令人窒息的寂静中，所有的目光都集中到了小老头那双青筋暴露的手上。一开始它的动作小心而缓慢，就像侦探电影里间谍全神贯注地摸索保险柜上的密码锁一般，一点一点地进行。待开酒钻进入木塞后，它的动作变得果断、有力起来。随着动作的加快，一道银色的

作者时在东京大学访学，西服革履、从容优雅的外表中，隐藏着难言的苦闷与焦虑。该照片摄于东京大学红门前。

光环在它周围闪耀、飞舞，同主人亮晶晶的秃顶相映生辉，眩人眼目……刹那间，我觉得地球停止了转动。银光定格处，那双手停了下来。小老头捧起酒瓶放到灯光下，眯起眼睛，仔细检查起来。确认开酒钻已经到达木塞的尽头之后，就掏出一副雪白的手套，不慌不忙地戴上。一次长长的深呼吸后，他一手按住酒瓶，一手握住开酒钻把手，屏住气，硬住脸，两眼茫然不知何视，仿佛中了邪一般。一阵长长的僵持，小老头亮晶晶的额头上渗出一片细密的汗珠，瓶塞终于开始松动。他放下酒瓶，舒一口气，掏出手绢擦了擦额头上的汗，然后一鼓作气，“乓”的一声拔出了木塞。

随着这一声响，酒吧内冰消雪融，大地回春，老板恢复了温文尔雅的气派和风度，小姐们欢声鹊起，一起鼓掌。妈妈捧起小老头那双瘦骨嶙峋却灵巧无比的手，吻了又吻。只有我，心里卸下一块巨石的同时，又涌起另一层阴霾……

雅室里传来了卡拉OK歌唱声，声音有点嘶哑和疯狂。一会儿，雄浑粗放的男高音中加入了小姐们甜甜脆脆的声音，听上去倒也和谐。后来，听到了妈妈同一位男士的二重唱，配合默契，妈妈的歌声情意绵绵，韵味十足，不愧在演艺圈混过，赢得一阵阵热烈的掌声。

小姐们不时地来到吧台，添加冰块和矿泉水，脸色红红的一片兴奋。妈妈兴致好极了，进进出出，吩咐厨子做这做那，对我也格外亲热，左一个李桑，右一个李桑，令我干劲倍增，恨不得长出八只手来为她效劳。这时的妈妈，是那样的美丽、温柔和亲切。我对妈妈的感激之情，益发强烈。我深知，我至今仍能在这个酒吧打工，挣一份生活费，与妈妈的恩典是分不开的，多亏她在老板面前一再为我美言，使老板不至于炒我鱿鱼。（其间老板与妈妈之间发生了微妙的情感变故，意外地为我提供一个绝处逢生的机会，这一切在《皮尔的生日》中已有具体的描写。）而那瓶名贵的法国白兰地，实实在在让我领教了这壶中的乾坤。今天，在它终于遇到阔气的主人的时刻，我能不从心底里感到欣慰吗？

我走到账台前偷偷瞥了一眼账单，一行娟秀的数字长长地跳入我眼睛，我数了数“1”后头的圆圈，整整六个，就是说，这瓶法国白兰地值一百万日圆。不知什么缘故，我脑子里立即反应的是：这差不多等于我们中国一个大学教授十年的工资收入！（可是这一惊叹在我回国以后立即被淹没在更大的惊叹中，使我痛感改革开放后的中国变化之快，百万富翁和亿万巨富如雨后春笋般地冒出地平线，在这个奢靡的世界里，一百万日圆算得了什么？在北京豪华商场、百货店的洋酒柜台里，比一百万日圆更贵的白兰地、威士忌有的是，进了高级酒吧它们该值多少钱呢？这已超出了我这个穷书生的想象力。据说，一位大陆的大款同台湾阔爷斗富，摔几万块一瓶的法国人头马XO，摔到第二十六瓶的时候，台湾的阔爷退出了比赛，大陆的暴发户大获全胜。相比之下，像老板那样的日本富翁气魄实在不值一哂，我为一瓶区区的法国白兰地蒙受那么大的屈辱，回想起来真是有点窝囊。）

将近午夜时分，在妈妈和小姐们频频的鞠躬和“欢迎再来”声中，客人们兴高采烈地离开了“蒙娜丽莎”酒吧。

客人一离开，妈妈就张开肩膀，欢呼着倒进椅子里，连呼“太好了，太好了”，然后拿过账单，细细地欣赏起来。

不一会儿，那个宝贝酒瓶在小姐们的簇拥下回到吧台，妈妈拿起来晃了晃，听到了响声，立时来了精神，吩咐我：“李桑，拿几个杯子来，大家干杯！”

我把剩下的白兰地滴进每一个酒杯，放上冰

块，兑上少许矿泉水，妈妈端起酒杯轻轻晃动一下，小心翼翼地啜一口，皱起眉头品尝起来，小姐们盯着妈妈的表情，纷纷问："味道怎么样？"妈妈眨眨眼，疑惑地说："奇怪，没有什么特别的味道呀。"然后号召大家："干杯！"

我端起杯子，呷了一口，除了有些酸甜，没有品出别的不同寻常的味道，再看看周围的小姐，也是一片茫然的表情。我再呷一口，闭上眼睛，调动了全部味觉细胞，依然如此。

妈妈忽然灵机一动，脸上露出狡黠的微笑，叫我递给她另外两瓶客人喝剩的白兰地，掺和着倒进这个名贵的酒瓶子，晃动几下后，倒出一点，兑上矿泉水尝一尝，满意地说："一模一样，一模一样。"然后盖上水晶盖，吩咐我："李桑，请放在原来的位置，拜托。"

小姐们你望我，我望你，露出会心的微笑。我呢，至此才算真的开窍，报以一声响亮的"哈依"，将酒瓶放到酒架正中。

写于1993年，1999年改定

4. 头发的故事

“日本人，还是中国人？”在日本不知什么时候，我养成了一个习惯，喜欢同朋友打这样的赌，结果总是我赢。

朋友很惊讶，问我有什么诀窍，我的回答很干脆：“看他的头发！”

用一丝不苟、根根到位八个字形容日本人的头发，虽然贴切，犹觉不够传神。日本人在头发上所下的功夫，实非我们所能想象。相比之下，我们中国人不能不显得大而化之。且不说那些刚到日本、为挣学费昏天黑地打工的留学生，他们通常是粗头乱发，草窝一团，就是已在日本生活了一年半载的人，一般也只达到油头粉面的水平；甚至那些在日本泡了多年，外表上看与日本人相差无几的中国人，只要你耐心观察，也能发现破绽：那种由来已久的散漫、潇洒和不拘小节的性格，仍可以从他们的头上找到蛛丝马迹。

朋友们都说我在走火入魔，是发神经，在东京这样一个高消费的城市，不想想怎么去挣钱，整天琢磨头发不头发的，脑子简直有问题。人家的头发，与你何干？

他们哪里知道其中的深浅！

只要一想起刚到东京的那些日子，我至今依然不寒而栗。差不多整整一个月的时间，我像幽灵一样在池袋、新宿那一带的繁华街头徘徊，一家餐馆挨一家餐馆地打听工作，几乎跑断了腿。我一直闹不清为什么总是遭到拒绝，因为餐馆门口明明贴着招募广告，而餐馆的主人们那一双双诧异的眼睛和惶恐不安的表情，更使我不得要领，如坠迷雾之中。

日子一天天过去，事情毫无进展，我开始紧张起来，因为钱包里那一点点从国内亲朋好友处凑来的日圆行将告尽。绝望中，我拨响了求援的电话。

几天后，在一家小饭馆，我同一位留日多年的老华侨——父亲大学时代的同学见面。听了我的苦情，老先生摇头直笑，他戳了戳我乱草窝似的头，又指着我好久没刮的胡子说：“你也是个念过书的人，连这点儿规矩都不懂。凭你这模样，不要说找工作，就是在街上走，人家都要躲你三分！”

老头儿语调一转，神情忽然严肃起来：“这是

日本人面对外人的眼光，充满警觉与好奇，有时真让人受不了。

当一声亲切柔软的“请”从一位眉清目秀、长一对好看酒窝的助理小姐嘴里吐出来时，我马上放松下来。此番情景至今依然难以忘怀，日本女人特有的善解人意和抚慰客人的能力，真叫人不可思议。

在日本”——他把日本两个字重重强调了一下——“你可得注意，日本人有洁癖，不像我们中国人，不拘小节，不修边幅。”说到这儿，老头儿感慨起来：“实话告诉你，我在日本生活几十年了，还没有习惯他们的脾气，他们真是太难弄了！”

对我一番长长的开导之后，老头儿从包里取出两张压得平平整整的一万日圆票子，递到我跟前，不容分说地命令道：“去，先去收拾你的头。”

于是我便有了首次在日本理发的经验，真是大开眼界，犹如刘姥姥走进大观园。在一家装修得古色古香的美容院前，看看价目牌，我踌躇了好一阵子，终于鼓起勇气，推门进了去。

双脚踏进美容院的一刹那，我的眼睛仿佛一下子被拭亮，几乎有点怀疑自己走错了地方。这同我以往记忆中的理发店完全不一样，它看上去更像个绿叶青葱的植物房，或者像个小型水族馆，甚至像个艺术沙龙。莫扎特优美典雅的小夜曲正在静静流溢，几位客人埋在皮沙发里悠闲地阅读杂志。待把眼光往里延伸，才看出这是一个给人整理头发的地方，几位美容师正在优雅地忙碌着。

面对眼前的美景，我恍惚如坠梦境。然而，我并没有兴致欣赏这一切，相反，眼前的一切都让我燥热不安，如芒刺在背。从周围的大镜子里，我看见了粗陋不堪的自己，如同一团肮脏的颜色，闯进了一幅洁净典雅的画面里。前台小姐彬彬有礼、殷勤无比的态度，不仅未使我放松下来，反而使我格外尴尬。我真想离开这里，可是一横心，反而坐了下来。

渐渐地，我的注意力被眼前一位美容师的操作吸引，心绪慢慢平静下来。那是一双多么灵巧的手！随着那双手，我的眼睛经历了一场奇妙无比的美的旅程。它娴熟地操纵着器械，每个动作都是那样的优雅、细腻、精确、标准，仿佛是按一套乐谱演奏出来的。再看美容师的表情，是那样的端庄、投入，浓眉大眼中透着深深的柔情，如同牧师主持一场小型宗教仪式。

轮到我了。我忐忑不安地站起身，有点儿犹豫。然而，当一声亲切柔软的“请”从一位眉清目秀、长一对好看酒窝的助理小姐嘴里吐出来时，我马上放松下来。此番情景至今依然难以忘怀，日本女人特有的善解人意和抚慰客人的能力，真叫人不可思议。

助理小姐请我坐上椅子，用洁白的毛巾将我的脖子围扎得严密而舒适，给我穿上崭新的紫色美容衣，系好扣带，然后把我带到洗头处，让我坐到一张活动椅上。按动电钮，座椅缓缓向后倒去，停住时脑袋刚好对着盥洗盆。助理小姐让我脖子靠在弧形盆沿上，尽量放松，然后开始作业。她先用温水冲洗一遍头发，然后上洗发露，精心地搓揉起来。轻柔的动作，不时伴随着关切的询问，给我一种腾云驾雾的感觉，我不由闭上了眼睛。等我睁开眼睛时，我欣喜地发现，那位浓眉大眼的美容师已经站在那儿等待着我。

那双灵巧的手触摸到我头发的一刹那，我有一种异样的感觉。望着镜子里我那头已被梳理得整整齐齐、光可鉴人，正在美容师虔诚的目光审视下的黑发，我仿佛突然认识了它们，它们似乎获得了新的价值和生命。

真不知道如何形容这双神奇的手，它轻灵地操纵着刀剪梳子，前前后后、上上下下、来回自如，动作细致周到，到了不厌其烦的程度。谨小慎微与随心所欲，达到微妙的统一。它使我想起钢琴大师肖邦那双无与伦比的手，它们的价值虽然不能相提并论，但就灵巧、出神入化而言，却有异曲同工之处。

这便是我在日本经历的最初的美容洗礼，前后历时一个多小时，最后以我鼻孔里的两撮黑毛被仔细修整，整个脑袋经过一番捶打、按摩，七孔畅通而结束。在美容师和助理小姐们此起彼伏、诚恳无比的道谢声中，我神清气爽、步履轻盈地离开了美容店。

这次美容果然给我带来了好运。一个星期后，我就在东京车站对面的大丸百货大楼顶层的一家名叫“宝石”的宴会厅找到了一份工作。面试前，遵照老华侨的吩咐，我从头到脚把自己好好拾掇了一番：穿上一身从地摊上淘来的新西服，系上领带，换上新的皮鞋。出门前对着镜子一看，差点认不出自己，一个干干净净的奶油小生，正惊愕地打量着自己，不由吐出舌头做了个鬼脸——真叫人不好意思哟。

那次面试，我终于看到了不同以往的眼神，一位身材矮小、谢顶颇厉害的中年男子友好地接待了我：“我叫山田，这儿的担当。”从他和蔼的态度和赞许的目光里，我看到了前途和希望，使我表现得格外自信。

“来日本多久了？”山田问。

“一年多了。”我按照老华侨吩咐的说。

“以前做过什么工作？”

“餐馆服务。”我又撒了个谎。

“在哪个学校上学？”

“东京大学。”

“吆——兮。”山田看上去很满意，拿出一份表格让我填写，填完后就问我什么时候能来上班。我激动得心怦怦直跳，竭力克制着内心的喜悦，说下周就可以来上班，事情就这样谈定。面试成功，令我有点忘乎所以，兴奋之余，又生出一些懊恼：早知如此，一到日本就应当去美容院，也就不必走那么多弯路了。

我并没想到，这一成功的欺骗，后来把我投入更加尴尬、艰难的困境。

现在回想起来，在“宝石”宴会厅这种地方打工，对于一个初来乍到、语言还不地道的外国人，简直是一件不可思议的事情，更何况像我这种手无缚鸡之力、自由散漫成性的文人。第一天去上班，一走进宴会厅，那种如火如荼、繁忙紧张的场面和气氛，就把我震慑个半死。可此时，我已无退路，前面纵然是刀山火海，也只有硬着头皮上。这是一个规模巨型的宴会厅，从早到晚大大小小的宴会接连不断，到处是身着白色制服与蓝色和服的男女侍者们匆忙的身影。到了两个宴会交替之时，就更不得了，员工们争分夺秒，全力以赴，工作节奏之快，劳动强度之大，就不必说了。重新组合房间、安放餐桌、铺设台布、摆放餐具；厨房内、仓库里、过道上，员工们在狭窄的空间里穿梭往来、你让我闪，一片有惊无险、乱中有序的景象。然而对一个初来乍到者，肯定眼花缭乱，不知所措。

第一个星期，我根本不知道自己该做什么，只是跟着别人后头瞎忙乎，人家做什么，我也做什么，结果处处碰钉子，时时遭脸色。令我难堪的是，对我的帮忙，别人不仅不领情，反而不耐烦，嫌我碍手碍脚，要我自己找活干。后来才知道，日本人都是各自干活，最不愿意给人找麻烦。

这倒也罢了，更糟糕的是，我越想把活干好就越出岔子。上班第三天，我自告奋勇洗玻璃杯，想学日本人的样子提高效率，把整筐的杯子扣过来，结果没有加隔板，一筐玻璃杯碎了大半，将周围的人惊得目瞪口呆，好像见到了疯子。山田很快知道这件事，一脸受了愚弄的表情更使我心惊肉跳。从此，我觉得后背时时发烫，那锐利的目光像激光刀一样不停地监射着我。

我意识到问题的严重性，发了狠心，一定要把活干好，保住这个来之不易的饭碗。为此我忍气吞声，逆来顺受，对所有人的命令和训斥，不管听明白没有，一律用“哈依”来回答，以表示心悦诚服。然而即便这样，仍然无济于事，到了后来，连我说“哈依”都成了问题。一次，山田把我叫到一边，严厉地对我说：“以后，听懂了对方的话再说‘哈依’”，随后是一声不耐烦的“听——明——白——了吗？”我当然听得很明白，然而说惯了“哈依”的我，此时却发生了故障，迟迟说不出“哈依”来，气得山田直摇头。

说来也怪，凡是我干过的活，旁边的人都可以找出些毛病来。比如摆刀叉，我摆得总不如别人的整齐；放餐具，我经常把图案弄倒；叠餐巾，露口应朝里，我却常常朝外；铺台布，四面下垂的部分我老弄不匀。坦率地说，这并不是我不上心，而是自己的神经没有磨练到这么细，我觉得已经蛮好了，别人却认为不行，要推倒重来。有时活儿紧，根本没时间精雕细刻，然而，日本人却不管这些，照样挑剔。这使我感到很绝望。

于是，在这个有序运作、配合默契的团体中，我成了一个多余的怪物、白痴，始终处在人们的监督之下。我眼前又浮现出池袋、新宿那一带餐馆老板奇异的眼神，给我不祥之感，被炒的恐惧越来越

他们之间几乎毋需语言就能交流思想、传递信息。比如在这个宴会厅打工的多是流动员工，不相识的日本人碰到一起，彼此不需要说什么，稍一磨合，就能步调一致，配合默契，行云流水一般。

强烈。我读不懂周围人的密码，摸不清他们的心思，仿佛与他们属于不同的心理频道。我也发现，他们之间几乎毋需语言就能交流思想、传递信息。比如在这个宴会厅打工的多是流动员工，不相识的日本人碰到一起，彼此不需要说什么，稍一磨合，就能步调一致，配合默契，行云流水一般。

在这个孤立无援的苦海里，今冈太太收留了我。不像别的日本人总是冷冷地拒绝我，她总是主动地帮助我、指点我，并且乐意和我一起干活，这使我感激万分，犹如迷途遇仙人。今冈太太看上去六十来岁，肌肤白皙，相貌端庄，有艺人风韵。对这样一个风韵犹存的老太太在这儿干这么累人的活儿，我感到有点不可思议。今冈太太干起活儿来既拼命又不失风度，且带有表演性。一个摆满饮料的托盘，托在手里连我都觉得吃力，她却轻盈地托起来就走，踩着优雅的小碎步，犹如一阵轻风。后来闲聊我才知道，年轻的时候她曾学过日本传统歌舞，在艺能界混过一阵，很有点功底。

对于我的处境，今冈太太深表同情，特别是听说了我以前在国内的经历。她现身说法，指着自己的头发告诉我，她在这家宴会厅只干了一年，头发就全白了："在这儿的活就是操心，一天到晚都操心，一点儿不能分心。”这番话给了我莫大的安慰：原来日本人都活得那么不容易，自己受点挫折也就不算什么。同病相怜，我与今冈太太的距离无形中拉近了。遗憾的是后来发生一件事，使我对她的好感大打折扣。那次去仓库拉啤酒，多装了几箱，也是她的主意，我在前面拉，她在后面推，途中一个拐角，不知怎的碰了一下，一箱啤酒滑落下来，摔碎大半，惊动了山田，今冈太太毫不迟疑地指着我向他汇报说：“都是他的原因。”把自己推个干干净净。我有口难辩，也不想为自己辩护，因为已经有那么多的前科摆着。后来我才知道，今冈太太对我的收留，也是山田的安排。

试用期快到了，我胆战心惊地等待着山田的宣判。一想到再次流落街头，我从心里感到绝望。

急中生智，一个大胆的主意突然造访了我。一天傍晚，山田神情严峻地从我身边走过，那个荒秃秃的头顶在我眼前突然定格——几根象征性的头发，梳理得蓬松而有弹性，像个黑色透明的丝网罩，罩在那片油亮的头顶上。听人议论说，山田年逾四十，至今仍光棍一人。我也发现，对来这儿打工的女大学生，山田总是格外殷勤，平常不苟言笑的他，这时谈笑风生，两眼眯成一条线。凭此可以

岛国的文化风土，导致日本人的行为方式、思维模式表现出高度的同质性，使日本社会秩序井然，充满集团凝聚力。这幅漫画，传神地演绎了这一切。

断定，山田找不到老婆，同他的长相有关，那荒秃秃的脑袋，肯定给他带来无穷烦恼。假如能在这件事情上帮他排忧解难，说不定能够逢凶化吉。

那时，正是大名鼎鼎的章光牌101生发药水在日本列岛吃香走红的时刻，出国前为了应急我也带了两瓶。现在，我把全部希望都寄托在它们身上了。

第二天下班后，我怀着紧张的心情来到山田的办公室，说了几句无关紧要的话之后，看看没有旁人，赶紧拿出两瓶宝贝，恭恭敬敬地放在他跟前，还学着日本人的客套说，一件微不足道的礼物，真不好意思，请务必收下。

山田愣住了，显然没想到我有这一手，脸一下子涨得通红，表情极为尴尬，好久不说一句话。令人窒息的沉默中，我猛地惊醒：栽了，聪明反被聪明误，我怎么能干这种蠢事，真叫“哪壶不开偏提哪壶”，这不是存心嘲弄人家的生理缺陷吗？心里不由暗暗叫苦。

一声低沉的问终于拯救了我：“是真货吗？”——完全不像山田平日的声音。我赶紧拍胸脯保证。我觉得，这一声问比全世界最美妙的音乐还要动听。山田接受了我的礼物。

从那天起，我的眼睛盯上了山田的脑袋，犹如克格勃间谍盯上了美国最新式的飞毛腿导弹。一周以后，我欣喜地发现，山田的头顶开始蠢蠢欲动，一批新发破土而出，毛茸茸的像刚出壳的小鸡，犹如早春的绿色，使人感到莫大的欣慰。两周以后，原先醒目的秃顶模糊不清了，黑丝网罩上的网眼变得浓密起来，细嫩黑亮的新发精神抖擞、富有弹性地覆盖了原先的不毛之地。

我在这家宴会厅的处境随着山田先生头发的茁壮成长而逐步改观。不知什么时候，那片曾经包围我的充满警觉的目光消失了，因为山田对我的态度越来越热情，一见面就鼓励我加油干，大家也跟着向我示好，使我丢掉了沉重的包袱，开始胜任自己的工作。我把这一切归功于神奇的章光牌101生发水，曾隔着辽阔的太平洋，对章先生的伟大发明默默地致以谢意，感谢他帮我度过人生的难关。

不知从什么时候起，我养成了一种嗜好。每天晚上，当宴会厅大门呼地打开，客人纷纷涌入，一个个光洁整齐的大背头走马灯似地在我眼前掠过，最后黑压压地一片，井然有序地尽收眼底的时候，那就是我一天中最有滋味的时刻。经过一天紧张乏味的劳作之后，终于获得了短暂的悠闲和观赏的机会。面对眼前的景观，心里常常涌起一股莫名的激

面对眼前的景观，心里常常涌起一股莫名的激动，由此我看到了一个海岛民族的独特性格，领略到一种巨大的精神力量和天狗吞月亮的信念。

动，由此我看到了一个海岛民族的独特性格，领略到一种巨大的精神力量和天狗吞月亮的信念。当鼓舞士气的三击掌声在大厅里暴风雨般地响起，当“万岁”的三呼声从一个个黑油油的脑勺下爆发出来时，其壮观的程度不亚于两千年前的秦朝兵马俑队列，不亚于举世闻名的万里长城。

我有点儿走火入魔，眼前老是晃动着这片黑压压的头。它们使我浮想联翩——这个民族的过去和现在，它的抖擞和崛起，它的勇敢、残忍和彻底。所有这一切，无不使人心惊魄动。

也许是由于处境的改善和工作的熟练，我有点儿松懈，不拘小节的老毛病又犯起来，最后闯下大祸。

那是一个规模很大的西式婚宴，把整个宴会厅都占满了。来的客人个个衣冠楚楚，装饰一新，男宾西服革履，白色领带，女宾中许多人身穿珍贵的和服，像一朵朵艳丽的鲜花，把宴会装点得分外悦目，其中也有些客人专程从乡下赶来，身穿崭新的西服却让人觉得生硬，言谈举止也有点儿粗俗。

日本的婚宴程式很复杂，配有专门的节目主持人，带有极强的表演性。从新娘新郎进场、奏婚礼进行曲开始，到最后新娘新郎向各自的父母敬献鲜花、阖家留影，中间有许多节目，诸如公司领导的贺喜，同僚的讲话，亲友的发言，大中小学同学的回忆，新娘新郎恋爱经历的当众坦白……在主持人三寸不烂之舌的调度下，笑声频频，期间还穿插客人自告奋勇的即兴表演。然而这一切并不妨碍口腹之乐，六七种美酒，十几道精美的法式大菜，一道接一道，把客人带进一个极乐世界。那是日本人一辈子最幸福、最有光彩的时刻。我却给这个时刻抹上了扫兴的一笔。

宴会起初一切都很顺利，然而就在上牛排的时候，风云突变，一件不可思议的奇事发生了。

我负责的那一桌，是比较次要的客人，这也是山田的特意安排，其中还有好几位乡下来的客人，看上去老实巴交，土里土气，连刀叉都用不利索。每逢碰到这种客人，我都比较放松，没有太大心理压力。不料大意失荆州，我就栽在了这儿。

也许是我忘了提醒客人（这是不允许的），也许是那天的节目太热闹分了我的心。总之，就在我托着盘子靠近客人，夹起牛排准备送到盘子里去的时候，那位谈兴正浓的乡下客人突然扬起有力的手腕，把我右胳膊撞得老高，牛排趁势摆脱了挟持，飞向空中。我呆住了，不知所措中，眼看着它飞向旁边一位长者，焦黄色的牛排带着浓汁擦过他一丝不苟的大背头，在一片惊呼声中掉到地毯上。

眼前发生的事情我一时来不及反应，等我醒悟过来，山田已经赶到。在惶恐的鞠躬道歉中，客人被请了起来。我却像木头一样呆在一边，脑子里一片空白。突然我跟了上去，没走几步又停了下来，因为从山田的眼神里，我看到了从未见过的狠毒。

我记不清宴会是怎样结束的，我只记得那片攒射而来的怪异的眼光，使我无地自容，让我再一次回想起池袋、新宿那一带餐馆老板奇异的眼神。这时我才明白，在这里，自己仍然是个不可救药的局外人。当天晚上，山田就把我叫到办公室，他沉着脸，什么也不说，从抽屉里掏出一个信封给我，我一看，是这个月头十天的工资。山田迟疑了一下，又从钱包里掏出两万日圆，塞到我手里。我知道这是在还101章光生发水的钱，想推辞，他却厌恶地挥挥手——“这里没你事了，走吧。”

我想解释什么，又觉得多余。尴尬中，山田说了声“失礼了”，就径自走了。我的目光随着山田矮小的身躯和那头正在茁壮成长的头发延伸而去，直到它消失在拐弯处，一种绝望的轻松涌上我的心头……

写于1992年，1999年改定

5. 东京男子汉

游日四年，接触过无数日本人，屈指一算，大野几乎是我唯一的年轻朋友。不像与别的日本人，打交道仅止于礼仪客套，我与大野的交流，却有真实的内涵，有时甚至是赤裸裸的。通过大野，我对日本男人的性格有了深入的了解。从这个角度看，我必须感谢大野。

我至今仍清楚记得第一次与大野见面时的情形。那是周末的一个夜晚，酒吧快要关门的时候，妈妈满脸笑容地迎进一个身材魁梧、皮肤黝黑、身穿棕色T恤衫的年轻人。一看见他，我脑门轰地一热，想起不久前差点被炒鱿鱼的事儿。这倒不是我一朝被蛇咬，十年怕草绳，而是生存的危机已经迫在眉睫。最近"蒙娜丽莎"酒吧生意开始火起来，客人越来越多，作为吧台的boy，我使出吃奶的劲儿也跟不上趟，手忙脚乱中，常常出差错。由于我态度诚恳，加上同妈妈的心肝宝贝皮尔的特殊交情，妈妈一直没有对我变脸，但我自己却深感不安。在东京打工的日子里，我逐渐懂得了资本主义社会里生存竞争的道理，我不再动辄抱怨老板的不仁不义。

我的预感被证实了，结果却有点出乎意料。周一上班的时候，老板领着那位年轻人来到吧台，和颜悦色地对我说："李君，这是大野君，从现在开始接替吧台的工作，你么，去厨房当帮手，拜托了，哦？"

老板的宽宏大量，令我又感激又惭愧，鞠躬谢恩之余，恨不得找个地缝钻进去。面对新来的替代者，我结结巴巴，词不达意。对方的态度倒是格外地友好："我叫大野，初次见面，请多多关照。"鞠躬的幅度比我还大，叫我有点儿受宠若惊。

也许是觉得我的日语表达有点儿问题吧，大野突然改口讲起怪怪的英语来：How longu hab you been in Tokyo?（你在东京住了多久？）这下给我带来了自信。我用流畅的英语回答了他，还问他以前在哪里工作，没想到他吭哧半天，才勉强回答出来。说实在的，大野的英语实在糟糕，发音含混不清，像一团面疙瘩；若不知道这是日语的变种，根本听不懂。这令我想起郁达夫在早年一篇小说里讽刺那位崇洋媚外的日本同学K拙劣不堪的英语发音。大野的英语，比他的前辈好不了多少。

没想到我这口其实并不怎样的英语也能把大野震住。当天晚上，大野就死活要拜我当老师，后来一听我是东京大学的研究生，对我更是五体投地，仿佛遇上了活神仙。于是我们就成了朋友。

自从来了大野，我就降级到厨房，给厨师打下手，干些零杂活。对此我毫无怨言。说实在的，比起大野的吧台工作能力，我真是差得太远了。如果我是老板，我一定会辞退那个不顶用的书呆子，起用大野。只有他这样的行家里手，才与这里的豪华氛围相匹配，才能给这儿带来地道的酒吧情调。忙中得空时，我常站在厨房口，悄悄欣赏大野调制鸡尾酒。对于大野，干这种活已是小菜一碟，只见他随意地调动着各种酒瓶子，全凭目测，不用量器，达到随心所欲的地步，椭圆形银瓶在他手里来回摇晃，犹如一件奇妙的乐器，一阵有节奏的声响之后，魔术似地倒出一杯杯琼浆玉液。每逢这时，一种羡慕之情不由涌上我的心头。

比起吧台来，厨房里打杂，活儿比较轻松，空下来的时候，我便到吧台帮忙，擦擦杯子，递递酒瓶，洗洗杯盏什么的。这是我从日本人那儿学来的。日本人干活既分工明确，又互相协作，谁有空，就会主动去帮助别人，体现了他们的团队精神。

没想到，我的善举引来意想不到的结果。对于我的帮助，大野一开始颇为感激，左一声谢谢，右一声对不起，时间一长，就不在乎起来，到后来，居然开始对我发号施令了——

“李桑，切个柠檬！”

“李桑，拿几个杯子！”

“李桑，咖啡该换了！”

“……”

一开始我并不太在意，我把这一切看做是哥们儿之间的亲密表现，时间一长，发现并不是那么回事，不知从什么时候起，大野把我当成了他的下手来使唤，他似乎觉得，在这家酒吧，他的地位比我高，有资格对我指手画脚。从他对我的态度里，我还看出一种心理上的优越感：一个堂堂的东京大学研究生，现在同他一起打工，而且地位还不如他。

按规矩，大野并无资格使唤我，这不仅因为我们各有分工，更重要的是，我是他的前辈，在等级森严的日本社会，后辈尊重前辈，是天经地义的事，断无后辈随便使唤前辈的道理。大野明知故犯，是件反常的事，其中包含复杂的心理。这使我想起每次跟我打听中国的事情时，大野那副居高临下的优越感，而且，这小子专爱打听那些我不想说的事，比如福建农民伪装难民偷渡日本啦，中国留学生伪造电话卡被警示厅破案啦，诸如此类，每次都要费我一大番口舌。

大野出生在日本最贫困的山形县农村，没有考上像样的大学，在东京一所名不见经传的大专混了两年，毕业后连个正式职业都没有，靠打零工度日。现在，就连这么一个小小的日本打工仔，都敢藐视中国，是可忍，孰不可忍？我决定治他一治。

机会终于来了。有一次大野又对我发号施令了："李桑，把冰柜擦一擦！"自己却靠着酒柜翻休闲杂志。见我没反应，大野加大嗓门又说了一遍。这回我不客气了，说："没空，请你自己擦吧！"大野愣住了，脸上漫开一团疑惑，呆呆地看着我。

我叉着双臂，作出居高临下的姿态，话到嘴边，忽然灵机一动，换成了英语：Why do you always ask people do everything for you? Take the responsibility of your work!

我的发音很夸张，还学着洋人的样子比划着手势。大野脸上一片茫然，显然没有听懂，我放慢速度又说了一遍，他还是不懂，于是我用日文说了一遍，口气很强硬，大野脸色一下子变得刷白。

这一晚上，空气异常沉重，大野阴沉着脸埋头干活儿，我们俩互相之间谁也没说一句话。

出了气以后，我又后悔起来。对自己在这家酒吧的地位，我是深有自知之明的，何苦非要去争这口气？第二天晚上到了班上，正当我琢磨怎样同他打破僵局，恢复友好关系时，大野却主动向我道歉，上来就是一个大鞠躬，带着满脸的诚意："李桑，昨天让你生气了，真是对不起了！请你千万别介意。"

我还有什么好生气的呢，如此顺利地解决了纠纷，大大出乎我的意料。然而，在与大野握手言和的同时，我又有点儿瞧不上他。日本人似乎天生缺少平等的观念，不是你压迫我，就是我压迫你，而且总是欺软怕硬。

从此大野对我敬重如初。

同别的日本男人一样，大野喜欢谈论女人，一谈起女人，脸上就放光。

酒吧小姐们个个身材标致，鲜嫩透亮，谈吐甜美，大野隔着吧台调酒时，一双发亮的眼睛总不忘记在她们身上扫来扫去。

"李桑，你最喜欢哪一个？"有一次他问我。

于是我们俩发生一番争执。大野最迷风骚粗俗、皮肤黝黑的阿曾小姐，我呢，偏偏欣赏文静秀气、笑涡迷人的加代小姐。经过一番苦口婆心的开导，大野最后听从了我，逐渐移情于加代小姐。

只在一件事，大野始终不肯听从我。

“女人最迷人的部位是哪里？”他问。

“胸脯。”我答。

“不对，应当是屁股！”

原以为大野这样的帅哥一定有女朋友，他长得有点像电影明星高仓健，那身结实隆起、古铜色的肌肉，极具阳刚之美。然而事情并不是这样。不知为什么，酒吧里的姑娘们对他并不太感兴趣，除了

摄于“蒙娜丽莎”酒吧。其时作者已被发配到厨房打杂。这是工间取乐的场面，妈妈一声令下，美女们瞬间变得面目恐怖、怪状百出。第一排的三名男士分别为：本人（左），厨师（中），右边那位帅哥就是取作者而代之的吧台boy——大野的原型。

阿曾小姐。也许因为大野学历太低。如今东京姑娘的择偶标准有三高，第一就是高学历，有了高学历，才能找到高收入的工作，才有高的社会地位。更何况这些小姐除了阿曾都是正牌大学生，就学于东京各女子大学，虽然在这里当招待，都是暂时的，将来要择高枝筑窝。也许要怪大野太小气，花起钱来一点儿不像高仓健，每月领了薪水直奔银行自动存款机，有时中午干脆不吃饭，熬到晚上到了班上两顿并作一顿吃，饭量之大，令人目瞪口呆。

对于自己给大野的误导，我一直很内疚。现在想起来，大野同阿曾才是门当户对、天造地设的一对。阿曾是一家美容专门学校的学生，浅薄虚荣，在诸小姐中最缺乏教养，对我也颇不友好，时常摆出一副颐指气使的派头，令我十分反感。然而恰是在这位小姐面前，大野显得轻松自如，全不像在别的小姐面前时那样一本正经。俩人你一言，我一语，配合默契，大野可以随便摸一下阿曾小姐的头，阿曾可以轻昵地抓一把大野雄厚的肩膀，十分自然。奇怪的是，大野又看不起阿曾，经常以轻蔑的口气谈论她，不是说她土气，就是嫌她轻浮。这或许是受了我的影响，因为我一直贬低阿曾，褒奖加代，把大野搞得稀里糊涂。

分析起来，我对大野的误导中包含复杂的心理，其中隐藏着一个身处异国他乡的穷留学生，在无边的寂寞中对一种可望不可及爱情的向往。在我的眼里，“蒙娜丽莎”酒吧美人中，就数加代小姐最可人意，这不仅仅是因为她对我最有善意，不像别的小姐那样矜持，还因为她身上有一种与众不同的风韵和温柔气质，能使人心灵得到抚慰。后来我终于发现，我是在凭借自己的想象，任意美化加代小姐，塑造着假想的意中人，给阴暗的日子增加一抹光彩。在大野面前，我对加代的赞美不遗余力，把天下女子所有的优点都加到她一个人身上，简直到了神经质的地步。大野被这碗迷魂汤灌得迷迷糊糊，每喝一回，对阿曾小姐的热情便减去一分，对加代小姐的迷恋又增加一层。终于，在我的煽动下，大野坠入了单相思的情网。

这时我才发现事情有点儿不妙，大野原来不是那种轻浮之辈，他是认真的！可是，加代小姐会接受大野那样的酒吧打工仔吗？她同大野，明摆着不是属于同一个社会阶层。对于大野的频献殷勤，加代小姐只是报以甜甜的微笑和周全的礼貌，显然像她这样的美人，早已习惯了男士的恭维和帮助。可惜，这时的大野已经被我引入感情的迷津，彻底失去了辨别能力。直到有一天，大野筹划已久的约会遭到加代小姐婉言谢绝时，才如大梦初醒。

那是加代小姐生日的前一天，大野为她准备了鲜花和精美的生日贺卡，并邀请她同游东京迪斯尼乐园。加代小姐接受了鲜花和贺卡，谢绝了同游东京迪斯尼，并称同外科医生的男朋友有约在先，要去轻井泽温泉胜地度假。大野马上陷于不可自拔的痛苦中。

那天晚上的情形回想起来真有点儿可怕，大野站在吧台里胡乱对付着干活，两眼魂不守舍地追踪着加代小姐的身影，时不时地向我投来求援的目光。酒吧一收工，加代小姐就匆匆离去，动作之迅速，可以参加马拉松竞走比赛。大野追到地铁车站时，早已不见加代小姐的身影，眼前只有进进出出、毫无表情的人流。大野脸色惨白，满脸汗珠，绝望地在两个剪票口之间来回踯躅，见到了我，如同茫茫苦海中抓住一根救命稻草，紧紧攥住我的手，连声问我怎么办。我想劝劝他，可是每一次话到嘴边，又觉得那么拙劣无力，甚至虚伪。我默默地陪着大野，直到最后一班地铁到来。这时，我真觉得自己对不住大野兄弟。

有整整一个星期，大野情绪低落，不思茶饭。我陪着他，心情也格外沉重。作为大野失恋的直接肇事者，又无能为力帮他摆脱痛苦，便只有以沉默来分享他的痛苦。后来大野对我说了一句抱怨话，使我得到了解脱。大野说：其实他并不在乎加代小姐，他真正伤心的，是失去了阿曾；自从听信了我的话移情加代小姐后，阿曾就不再理他，现在阿曾小姐已经另有所属。

原来如此！

失恋归失恋，日子还是要过下去，况且大野是这么个棒小伙子。

一天夜里快要收工时，大野把我叫到一边，面带几分神秘地对我说："明天带你看表演去。"

"什么表演？"我颇感兴趣地问。

"到时候你就知道了。"他含含糊糊，也不正面回答，忽然换上一副庄严的面孔："你到日本留学，又是学习日本文学，应当多了解日本的文化风俗。"

第二天中午，我们俩在新宿歌舞伎町街碰头。大野领着我，沿着繁华颓废、浪声浪气的小巷，七拐八弯地穿梭。

"你常上这儿来玩吗？"看他轻车熟路的样

子，我不禁问道。大野赶紧否认，然后又说：“今天全是为了陪你。”

一会儿，我们来到一家张贴着裸体美女宣传画的歌舞厅门口，我从未到过这种地方，心里有点儿打鼓，想问个究竟，来不及了。大野脚头真快，一下子消失在门前。我犹豫了一下，咬咬牙，一抬脚跨了进去。

沿着弯弯曲曲、灯光幽暗的楼道往下走，我脚下轻飘飘，喉结一阵发紧，楼壁上贴满了裸体女郎的照片，各种姿势都有，硕大的乳房，白花花的一大片，一双双迷迷瞪瞪的媚眼，肆无忌惮地撩拨着你，叫你无容身之地。到了票房，大野已经等得不耐烦，说了句“凭学生证可以优惠”，就径自进去了。

三千日圆，我吓一大跳，想掏学生证，半天也没敢掏出来，东京大学的研究生，敢上这种地方来？算了，我一狠心，摸出三张一千元的票子递了进去，接钱的是一个白乎乎、胖嘟嘟的小老头儿，满脸的猥亵，活脱脱的一架拉皮条机器，态度倒是极友好。

推开沉重的皮门，一阵喧嚣朝我冲来，震耳欲聋的摇滚乐声几乎要把我脑袋劈裂，燃烧般的彩球在黑暗的空中疯狂地来回旋转，抛射出一道又一道

日本是一个色情业发达的国家，一位西方记者以漫画记录了形形色色的场面。

锐利鲜艳的光芒，把我的眼睛切割得七零八落。徐徐转动的圆型舞台上，一具一丝不挂的裸体朝天仰卧，正在一上一下地扭动着。无数双饥渴的眼睛里三层，外三层，紧紧围箍着旋转舞台，织成一道道贪婪的围墙。

寂静，激烈……

第一次目击这样的场面，实在够刺激的，然而，亢奋一阵后，我很快就厌倦了。不知怎地，我有一种被强奸的感觉。

透明三点式包装的女郎们，身披华丽鲜艳的大衣一个接一个登场，装模作样地舞蹈、表演一番，暗示出一个相思等待的场面后，开始一件件地拆封，她们边拆边舞，拆拆停停，停停拆拆，把人胃口吊得紧紧的，等到观众激情达到饱和时，才彻底亮相，然后躺倒，扭动，喘息……

千篇一律的把戏。使人不可思议的是，这里居然井然有序，同我想象中的脱衣舞会场面完全是两码事，不要说喧哗争斗之类，就连随便抽烟的人也没有。每场表演结束，底下总是报以热烈的鼓掌，甚至连掌声都那样整齐！虽老犹健的迷们纷纷爬上舞台，搂着自己的偶像一起合影，慷慨解囊；裸体女郎们则以亲昵的动作相回报，其间不时有人向自己的崇拜者献上可乐、啤酒之类，以示慰问，台上台下融融泄泄，一片祥和。

黑暗中，我看见大野脸上泛着青亮的光，鼻子湿漉漉的，喉结不住地滚动，两眼死死地盯着旋转舞台。望着这张饥渴的脸，我又好气又好笑。看他那副来劲的样子，看来是这儿的老主顾了。可明明自己想过瘾，却非要说是为了陪我，帮我了解日本文化，就有点儿不够意思了。

第一轮表演结束，灯刷地亮了，照出一圈清一色的小老头，个个脸色潮红，眼睛发亮，他们看上去老实巴交，形容猥琐，透着一股光棍儿味儿，本能的冲动和驯化的温顺，在这些人身上奇迹般地统一着。

这时，台后走出一位半老徐娘，裸身披一件紫红色丝绒大氅，两只硕大的乳房在里面松松地垂荡着，她手拿一盒面巾纸，笑吟吟地走进旁边一间挂着门帘的小房间。随着帘子刷的一声拉上，座椅里立即有七八个人站起，涌向小房间。

不一会儿，门帘外排起长长的队伍，最前面的那位一撩门帘闪身进去了，其余的人静静地等候着。我弄不大清这是在搞什么名堂，正想请教大野，不料他深沉着脸，捅捅我肩膀，示意我也可以去，弄得我有点糊涂。

一会儿，门帘一闪，第一个进去的退了出来，边束裤带边往外走。我这才明白了里面在搞什么勾当。

这时大野又开始捅我肩膀，使我感到很恼火，这小子把我当成什么人了！

等到大野再次捅我肩膀时，我终于醒悟过来，赶紧站起身给他让路，还做了个请的姿势，不料反而把事情弄僵了，“哪里，哪里，和你开了个玩笑。”大野尴尬地辩解道。

这时灯光暗下来了，第二轮表演马上就要开始。看着门帘外的队伍越来越短，我觉得应该马上离开，否则就要耽误大野的好事。我果断地站起身，对大野说：我还有个约会，先走一步，就头也不回地朝外走去。

原想一走了之，鬼使神差般地，到了门口我又停下来，躲到一个角落里。我想看个究竟。

震耳欲聋的摇滚音乐重新响起，旋转彩球又开始抛射一道道眩人眼目的光束，灯火明灭中，门帘外排队的人已经所剩无几，大野先生的座位上仍无动静。正在我开始怀疑自己的判断力时，那个熟悉的魁梧背影突然从空中跃起，扑向小房间。

我推门离去，心里泛起一股恶心，如同吃了苍蝇一般。经过票房时，胖得像米虫的小老头，向我连连鞠躬道谢，说欢迎再次光临，如果带朋友一起来，还可以优惠。

晚上在酒吧见到大野时，发现他气色格外滋润，对我也特别殷勤。我不动声色地问："后来怎么样？"

大野脸上掠过一丝不自然，故作平淡地说："没什么意思，你一走，我跟着就出来了。"

"是吗？"我拉长了声音，故作惊讶地问。

忽然，大野凑近我，压低嗓门讨好地说："那个老娘们儿，真是够脏的。幸亏我们俩谁也没去……"

没等他说完，我再也憋不住，发出一阵冲天的大笑。

写于1993年，1999年改定

6. 清扫工浪漫曲

灯光刷地放亮，映出一个光彩夺目、琳琅满目的世界，唤醒了这座远近闻名的东急百货店。几秒钟前，整幢大楼还是黑黢黢、静悄悄的，只有几个清扫工在那儿窸窸窣窣、幽灵般地忙碌着。作为其中的一员，我提着拖把，拿着抹布和喷剂，沿着自动扶梯，借着微弱的玻璃反光，干着单调的活儿。沉重的脚步踩在坚硬冰冷的金属台阶上，发出沉闷的橐橐声，听上去有点儿瘆人。

自动扶梯的灯也跟着亮了，一声响亮的“早上好”顺着斜长的梯面传过来，电梯管理员依藤先生站在扶梯的另一头，认真地举头探望，于是我回以同样的“早上好”。值得一提的是，这不是一般的见面问候，而是必不可少的安全作业程序。听到这声回应后，依藤先生弯下腰，掏出钥匙，插入锁眼，庞大的自动扶梯就稳稳地运行起来。

我看了看手表，刚好九点半。整整一年了，依滕先生天天这个时候出现，毫厘不爽。

我一步跨上扶梯，撑开两臂，将抹布塞进扶手下面的凹槽，利用扶梯运行的惯性擦掉里头的灰尘。这是早晨清扫工作的最后一道工序，也是我自己发明的既省力又有效的清除污垢的方法。

一年下来，我对清扫这架庞然大物已经烂熟于心，在我的努力下，它看上去永远都是闪闪发光，一尘不染。尽管如此，我仍然不敢有丝毫的大意。东急百货店的卫生检查员，眼睛比X光射线还要厉害。有一次我想试验一下，故意留下一小截扶梯没擦。结果，第二天木村老板就把我叫到他的办公室，问这是怎么回事儿，我除了连声说“对不起”，别无他招。从此我相信，日本人的眼光同我们的不一样。他们对清洁的要求，超出了我们的理解范围。

空空荡荡的扶梯运载着我一人，从地下一层挺进到顶楼八层，又从顶楼八层俯降到地下一层，使我飘飘然有凌风遨游之感。当五光十色、摆设别致的商品在我眼前徐徐掠过的时候，我不由高高地挺起胸膛，昂首巡视这个豪奢丰富的物质世界，俨然如一位检阅三军的元帅，一时忘了手里还攥着抹布。这时我心情格外地好，打工已接近尾声，再过三十分钟，我就自由了……

就在我自我陶醉之际，两柄长长的拖把突然横在我的眼前，几乎绊我一跟头。惊愕中，只见两个妇人披头散发，气急败坏地站在扶梯口，两对长相酷似的小眼因愤怒而胀得滚圆，仿佛立即就要迸出眼窝，日本女人素有的柔顺和妩媚此刻荡然无存。我先是一惊，继而有些心虚。

这是酒井和樱井姐妹俩，东急百货店的清扫员。两人都是年过四十的半老徐娘，长得很像，刚来这家百货店打工时，我老把她们俩弄错。平日在人面前，姐妹俩总是低声下气、一副柔眉顺眼的样子，可是干起活来，却是勇猛异常。以前见了我，两人总是眉开眼笑的，李桑长李桑短的，一有机会就来和我扯闲篇，还时不时地拿小点心招待我。可是近来一反常态，见了我脸色老是阴沉沉的，脾气大得厉害。

“什么事呀？”我小心翼翼地问道。姐妹俩你看我，我看你，半天讲不出一句话。突然，酒井一把拽住我胳膊，不由分说往外拉，气急败坏地说：“你自己去瞧瞧！”

我从未被人这样拽过，也没想到酒井太太力气有那么大，胳膊被她扯得生疼，费了老大劲儿总算挣脱了她。

惊愕中，只见两个妇人披头散发，气急败坏地站在扶梯口，两对长相酷似的小眼因愤怒而胀得滚圆，仿佛立即就要迸出眼窝，日本女人素有的柔顺和妩媚此刻荡然无存。

“到底怎么回事？”我又问。

酒井显然是气昏了，语无伦次地讲不出个头绪，还是妹妹先缓过神来，戳着我的鼻子狠狠地说：“都是你做的好事，介绍这么个女人来，叫她干活不干，还敢打人！”

果然又是她，我的上帝！自从来了孙小姐，这儿就鸡犬不宁，两个日本女人同她的磨擦接连不断。唉，要是早知道是这样，打死我也不会去管这种闲事。不过这也不能怪我，要怪就怪木村老板。前不久，负责清扫厕所的渡边老太太生病住院，人手一时告急。木村把我叫去，问我能不能介绍一名中国留学生来干活。其实我同孙小姐本不认识，只不过都住在中野区的高圆寺，有一次在超市买东西时偶然碰到，因为都是中国人，不免有种亲近感，互相聊了几句。孙小姐是从上海来的，长相平平，却有一股子泼辣的骚劲儿。听说来东京已有三年，现在一家服装专科学校读书。不过看她的样子，还有那口说不通的日语，似乎不像是在什么专科学校读书的，倒像是在日本打黑工的。孙小姐对高圆寺一带的超市、蔬菜店十分熟悉，哪一家店什么东西便宜知道得一清二楚。由于她的热心介绍，我省下了不少菜钱。因为这个缘故，我把木村老板委托我物色人手的事情，先给她打电话说了。原以为孙小姐未必瞧得上这种活儿，不料她挺来劲儿，还很有把握地说：干这种活工资一定高。

记得那次带孙小姐去见木村老板，木村老板呆呆地盯着孙小姐，眼睛有点发直，没问两句话，就叫孙小姐明天来上班。然后请她到隔壁一家居酒屋吃了一顿日本料理，还破例给她买了一双耐克运动鞋，叫她好好干。

木村老板的举动在两个日本女人中引起了强烈反应，其激烈的程度决不亚于当年关东大地震。见了孙小姐，酒井和樱井简直就像见了前世的冤家对头，找茬、挑刺、抱怨、辱骂，没完没了。我是介绍人，自然脱不了干系，一见我，恶毒的下流话和风凉话就冲我撒来，简直叫我无处藏身。

平心而论，两个日本女人的反应不是没有一点道理。孙小姐干活的确差劲。迟到早退是家常便饭，偷懒更是不在话下，有一次居然躲在洗手间吃早点，被姐妹俩当场抓获，冷嘲热讽数落了半天。然而醉翁之意不在酒，而在醋——女人不可救药的醋劲。可是，每次告到木村老板那儿，都像皮球拍到棉花上，连个声响都听不见，这使她们极为恼怒。木村虽已年近花甲，是个小矮个儿，但身强力壮，花心一点不比别的日本男人少。酒井和樱井都是过了季的娘们儿，想争得木村老板的头宠，似乎有点强人所难。

说起木村与这两姐妹的关系，有点儿令人蹊跷。木村家有老婆，却很少回家，整天和这两个女人泡在一起。酒井、樱井也是各有老公，却同木村保持着暧昧的关系，彼此之间相安无事，真叫人百思不得其解。以前与她们闲聊时我得知：木村老板是东京清扫业界的一员老将，同吸尘器、拖把、打蜡机打了半辈子交道后，终于混到今天这个地步。如今，他有自己的公司，承包了东急百货店的清扫业务。二十多年来，木村老板率领着酒井、樱井姐妹，活动在东京都内大大小小的百货店、公司大楼、学校和车站里，昼夜不停地擦呀、拖呀、洗呀、上光打蜡呀，几乎快把整个东京都清洗遍了。他们的青春和生命，就这样三位一体地耗费在这种外人看来最脏、最累、最苦的工作上，彼此之间早已烂熟于心，达到你中有我、我中有你的程度。平常在一起打情骂俏，开些荤玩笑，是极自然的事儿。活儿一忙完，他们就回到百货店地下二层一间灯光昏暗、狭窄不堪的办公室里，俨如一家人。有一次我去找木村老板，忘了敲门，结果吓一大跳退

他们的青春和生命，就这样三位一体地耗费在这种外人看来最脏、最累、最苦的工作上，彼此之间早已烂熟于心，达到你中有我、我中有你的程度。平常在一起打情骂俏，开些荤玩笑，是极自然的事儿。

了回来。只见木村老板全身脱得精光，只剩一条三角裤俯卧在单人硬板床上，酒井和樱井露着圆滚的胳膊，一人捧头、一人揉背，替他按摩。这光景，让我想起街头黄色画报上的镜头。

女人之间争风吃醋，本不值得大惊小怪，如同天要下雨，娘要嫁人，但是发展到动武，就有点儿出格。再说，酒井和樱井是一双，孙小姐只是单枪匹马，一双还敌不过一个？我有点儿纳闷，就问："怎么，你们俩挨打了？"

"你瞧瞧！"酒井没好气地撩起袖口给我看，果然，手臂上隆起红红的一块。

"你们中国女人怎么那么凶？"樱井紧接着气势汹汹地责问我。

望着眼前两张凶神般的脸，我不由苦笑了，心里想，你们打不过她，就来朝我耍威风，这算什么本事？可是闹了半天，还不知道到底是怎么回事呢。

姐妹俩这才你一言、我一语地说起了事情的经过，听得我一头雾水。突然酒井一把揪住我的胳膊，说："她是你介绍来的，你去跟她说吧！"我挣脱了拉扯，无奈地说："走就走。"

两个日本女人手提拖把，一左一右跟在我身后，如同押着一个犯人。不一会儿，到了二楼的洗手间，只见孙小姐一手紧握拖把，一手插在腰间，一副等着要和谁拼命的架势。

“怎么啦？”我问。

“哼，这两个死老太婆，太欺负人了，”一看见我，孙小姐就咋呼起来，指着男洗手间说：“不知哪个缺德的，在盥洗盆里拉了一泡屎，她们自己不打扫，偏要我去，还动手动脚。”

我有些疑问，在盥洗盆里拉屎，这种事从来没听说过。我把脸转向酒井和樱井太太，看到两脸冷冰冰的讥笑。酒井恶声恶气地说：“去好好认认，这哪是屎？分明是呕吐物。真是个什么都不明白的东西！”

看着孙小姐茫然不解的样子，我给她翻译了一遍。孙小姐哪里听得进去，一口咬定就是屎。

我走进男洗手间一看，果然，盥洗盆里有一滩污物，在明亮洁净的环境里显得格外触目。仔细一看，那东西确实是呕吐物，看来是昨晚百货店快要关门时，哪位醉客仓惶中做下的好事。日本的工薪族男人常干这种事，白天在公司卖命太辛苦紧张，晚上总要喝个烂醉。

我如实告诉孙小姐，没想到竟惹恼了她：“不对！就是屎。我偏不扫，看她们能拿我怎么样！”

她扯开嗓子嚷起来，越嚷火气越大，拖把砸在地上咚咚直响，嚷着嚷着，她猛地操起拖把，准备投标枪似地，一步步朝两个日本女人逼去，吓得她们连连后退，一直退到了墙根。

“告诉你们，要动武我才不怕！别以为你们是俩，就能占便宜，老娘我今天豁出去了。”说到这儿，拖把嗵的一声砸到地上，迸出一句惊天动地的话：“我们中国人是好欺负的吗！”

两个日本女人被这一声喝吓住了，不知所措地面面相觑，互相求援，样子十分可怜。我不由嗤的一声笑了出来，这句豪言壮语出自这样一个中国女人之口，用于这样的场合，实在是太可笑、太滑稽了！

看看孙小姐出了气，我就劝她把那堆东西收拾掉，因为毕竟是她分内的活儿。可是她断然拒绝：“不行，没那么便宜，你看看，手都叫这两个死老太婆抓破了，打不过就抓人，真不是个东西！”说完，伸出手来给我看，果真有几道抓破的红印。

看看劝不动，只好换一招试试，我就说：“百货店马上要开张，这堆东西要是不去掉，可不是闹着玩的，告到木村那儿，没准要炒你鱿鱼呢！”没想到孙小姐一点儿不在乎：“告我？我才不怕呢。木村这老东西，一看见我骨头都酥，就怕我辞这儿的活。打这种工简直像个垃圾瘪三，要不是工资高，活也自由，我才不稀罕呢！”说到这儿，她压低嗓门对我说：“告诉你吧，昨天晚上，木村还在新宿东京大饭店请我吃中华料理呢，瞧，这条项链就是他送的，24k金的，怎么样？”说完，冲我扬起了脖子。

我好一阵子发愣，直到发现旁边两双眼睛狐疑地盯着孙小姐的脖子，这才回过神来，不由爆发出一阵冲天大笑，收也收不住。这笑声把三个女人弄得莫名其妙，呆呆地看着我，或许以为我神经出了问题。好不容易收住笑，我对她们说：“最好的办法，就是你们仨一起把那堆东西清扫干净。”

“胡说！”三个女人异口同声地朝我吼起来。

“那我去叫社长来吧！”我故意把社长两个字拖得长长的，观察着她们的反应。原以为酒井和樱井都会赞成，不料姐妹俩面面相觑，谁也不吱声，倒是孙小姐爽快，连声说：“叫就叫，有什么了不起的。”

我有些犹豫了。这时，响起了迎宾乐曲，热情洋溢的旋律，回荡在空中。快要开店了，楼里到处都在忙碌，售货员们正在做着开店前的准备工作。

令人窒息的僵持中，时间在一秒一秒地流失。两位日本女人的神色越来越不安，表情越来越难堪，她们互相嘀咕、示意，甚至小声争吵起来。终于，我读懂了它们的含义：她们已经被打败，已经认输，现在只等这个无耻的中国女人赶紧离开，让她们不必当着她的面替她收拾那堆污物。

我开始同情起这两个日本女人，连连向孙小姐使眼色，示意她快离开，她却故意不理会。我只好直言相劝，不料更撩起她的猖狂劲儿，钉在那儿就是不走，脸上一副幸灾乐祸的样子，甚至宣称：她要亲眼看她们擦掉那堆狗屎。

“你也太过分了！”我终于忍不住了，一怒之下，便去找木村老板。

地下室的办公室里空无一人，几本艳俗肉麻的成人画报横七竖八地堆在办公桌上。我又去了垃圾处理间，找了一圈，终于在一堆胀鼓鼓的垃圾袋夹缝里，看见了那个小矮个儿。听完我的报告，木村脸上掠过一丝尴尬，沉吟片刻后，说“我知道了”，接着又捆他的麻袋。我瞪大了眼睛，不敢相信地盯着这位清扫工头。原以为听完我的报告，木村会立即放下手中活，去处理那件事，因为百货店马上就要开张，这堆污物要是让顾客或者百货店的人看见，可是件不得了的事。难道木村老板真的不在乎？难道为了逃避女人争风吃醋的麻烦，他真的

日本的女人以温柔顺从著称，发展到极端，就变得“贱”，然而这未尝不是一种生存策略。日本女性面对男性主动处于弱势的位置，由此得到自己想要的东西。这幅漫画可以作为本篇一个有趣的注解。

可以牺牲自己的天职?

我忽然发现：自己真是无聊到了家，也“八格”（愚蠢）到了头，这场无聊的闹剧同我究竟有什么关系？值得我这样卖力气？我自嘲了一句，正待离开时，木村老板瓮声瓮气的声音，隔着重重的麻袋传了过来：“李君，请你立即把孙小姐叫到我办公室来，拜托了。”我悻悻地骂了一句，又回到了二楼。这时，整座大楼处于紧张的迎客准备中，衣冠整洁的售货员小姐、先生们面带微笑，在柜台旁排成一列，认真做着接客演示，身穿黑色礼服的领班高声领诵迎客礼貌用语，众人齐声应和，铿锵有力，回荡于整座百货大楼。

已经看不见三个女人的身影。我走进男子洗手间一看，不由松了一口气，盥洗盆里那堆污物已经不复存在，整个洗手间光洁崭新，仿佛从来不曾被污染过。

我这时才想起自己的活儿还留一个尾巴，正待去收拾，酒井和樱井拎着拖把从对面女子洗手间冒了出来，一看见我，就撵了上来。那劲头儿，简直就要吃了我，酒井的手指快要戳到了我头上，狠狠地说：“告诉那个女人，明天不要来了，这儿不要她这种人！”

“好的，好的，”——我顺水推舟，“今天全是孙的不是，幸亏你们气量大。我刚才已经报告社长了。”

“社长怎么说？”姐妹俩急吼吼地问。

“社长请她下去。”听了这话，两张脸失望地僵住了。望着这一对老醋坛子，我忍不住又加了一句：“社长好像向着她咧！”

“胡扯！”我的话刚出口，就被当头喝住。正在我担心两个疯女人还有进一步行动时，奇迹发生了。酒井忽然变了一副神态，脸上漾起幸福的笑容，抬起右手送到我眼前，给我看一枚蚕豆大的红宝石戒子。“我同木村做恋人已经二十多年了，瞧这个，值三十万呢！”酒井无比自豪地夸耀自己的战利品。樱井也扬起脖子，让我看那根黄澄澄、沉甸甸的金项链，一脸的洋洋得意。此时此刻，我还有什么好说的呢？女人的无耻彻底击败了我。

然而，姐妹俩很快就回过神来，狠狠地说：“孙，她算什么东西！等社长玩腻了，我就让他炒了她！”酒井咬牙切齿地说，樱井也帮腔道：“对！非炒了她不可！”说着还做了个斩首的动作（日本以斩首代表解雇）。说完，两人扬长而去。

我胸中突然泛起一股恶心，如同吃了苍蝇一

般。我觉得自己掉进了一个肮脏的陷阱，它由三个卑微的女人和一个粗鄙的男人合谋而成，让我真正品尝了什么叫无耻与可怜。

开店的钟声响了，洪亮悠扬，客人们巨蟒般地缓缓涌进百货店，自动扶梯载着他们一层一层向上漫开。灯火辉煌大楼里，回响着优美热烈的迎宾曲和播音员款款动人的开店致礼，伴随着男女售货员此起彼伏的“欢迎光临”声，一切看上去都是那么赏心悦目，煞有介事。然而我却觉得，它只是一个漂亮迷人的玻璃罩子。

写于1995年，1999年改定

第二编 岛国根性

日本人有较强的“内”“外”意识，身居岛国与走出国门后的日本人往往有两副不同的面孔。中国因与日本“同文同种”的文化亲和力和地大物博的旅游资源及低廉的物价，吸引大批日本观光客，由此上演了一幕幕跨国文化喜剧，“岛国根性”尽显其中，令人捧腹。

1. 横田进二

“日本人虚伪！”常听到人这么说。追究起来，这种看法与日本人过分的礼貌有关。记得有一部相声，马季主演的，专门讽刺日本人频繁的鞠躬行礼，令人喷饭。这真是应了中国的一句老话：礼多必伪。

然而，事情到底不是那么简单。了解日本的人知道，日本文化中有一种非常迷人的东西，叫做“人情美”。当年中国大诗人徐志摩写过著名的诗篇《沙扬娜拉》，将它演绎得出神入化，大文豪周作人更是被它弄得神魂颠倒，一不小心就成了“汉奸”。

何谓“人情美”？说白了，就是“礼仪”与“人情”的完美结合，对于日本人来说，假如没有精致周到的“礼仪”，“人情”就变得粗鄙，缺乏韵致。前者与东瀛优美的自然风土培养起来的装饰情调有关，后者来自古老的村落集团精神，两者配合默契，登峰造极，遂成为日本文化的一种品牌。

遗憾的是，这种“人情美”只存在于日本人集团内部。出了这个集团，面对外人时，它就很难成立。此刻“人情”与“礼仪”脱节，日本人变得虚伪起来。

我曾经的朋友横田进二就是这样一个人。一开始他给我的印象非常之好，那是1987年的夏天，日本的泡沫经济如日中天，来中国观光的游客多如牛毛，中日关系正处冷战以来的蜜月期。在北京新落成的国际饭店，敲开房门后，我看见一位浓眉大眼、面目和善的中年人，用生硬而友好的中文“你好”向我打招呼。这是我第一次如此近距离接触日本人，感受到的诚恳与热情，是无与伦比的，印象中凶残的日本鬼子形象，不知不觉被挤到爪哇国。接下来，我们以汉字笔谈，交流居然顺畅。看得出，横田先生对中国的万里长城、兵马俑，毛泽东、周恩来都很崇拜，尤其是对中国主动放弃战争赔款，挽救日本于水深火热之中，更是感激不尽。谈话中，横田先生一再强调日中两国同文同种，原本就是一家，应当联合起来，应当世世代代友好下去。

这个过程中，横田先生并没忘记对我的恭维，说我长得很帅，还说我眼睛有神，使我飘然中又

遗憾的是，这种“人情美”只存在于日本人集团内部。出了这个集团，面对外人时，它就很难成立。此刻“人情”与“礼仪”脱节，日本人变得虚伪起来。

有点茫然。“帅”这个词，与我无论如何不沾边儿，本人出生不久就遭遇所谓的三年自然灾害，从小营养不良，发育不全，个头不到一米七，按社会上流行的说法，就是“三等残废”。不过比起横田先生，我还是高他半头，也许在他眼中还真有几分帅吧，且不管它。至于说到我眼睛有神，就有点儿离谱了，我这五百度的近视眼，架着厚厚的玻璃镜子，无论如何也谈不上有神。尽管如此，我还是很高兴。人嘛，总是喜欢听恭维，况且横田先生还送了我精美的小礼品。

那次陪横田先生去了很多地方：故宫、八达岭、颐和园、天坛，还有大同云冈石窟。横田先生背着相机和摄像机，一路拍摄不停，一切都令他感兴趣，一切都令他赞叹。拍摄不够，还拿出本子记下来。我有睡午觉的习惯，吃过午饭就犯困，需要找个地方迷糊一会儿，他也很赞叹，还问我中国人是不是都睡午觉，一听是，就很高兴，说中国人懂生活，会养生，还说要把这个习惯介绍到日本去，让只知干活过分劳累的日本人尝尝睡午觉的好处。

一年后，我自费到日本探亲，后来到东京大学做访问学者。再见到横田先生时，发现他不像原来那么热情了，尽管还是很客气。我给他带了几盒蜂王精，过几天他回赠我一件休闲服，标签上的价钱是十万日圆！令我又感激，又不安。说实在，我这一辈子从未穿过如此昂贵的衣服。然而当我知道了日本人的送礼规矩，感激之情顿时大打折扣。日本人送礼，一般都将标价撕去，以示礼貌，而横田先生却不这么做，难道是偶然的疏忽？不像，因为横田先生办事一向认真；难道因为我是个中国人，不在日本的规矩之内？倒有可能。反正有一点是肯定的：横田先生是想让我知道这份礼物的分量。其实，横田先生就是开服装厂的，规模虽然不大，给客户或朋友赠送一件自家产的衣服，不是什么大不了的破费，按成本价算，断不可能值十万日圆。

还有睡午觉的事儿。到了日本后我才回味过来：横田先生对中国人的午觉习惯的赞叹包含了某种叵测，因为日本这地方是从来没有睡午觉这一说的，日本也有“午休”（昼休），不过就是到吃茶店喝杯饮料、游览一下报纸杂志而已，绝无抖开被子睡觉的事儿。入乡随俗，到日本后我不再睡午觉，横田发现后若有所失。记得有一次见面，吃完中午饭之后，他开车把我送回家，殷切地对我说：“睡吧，睡吧，好好睡它一觉。”自己却精神抖擞地忙事情去了。

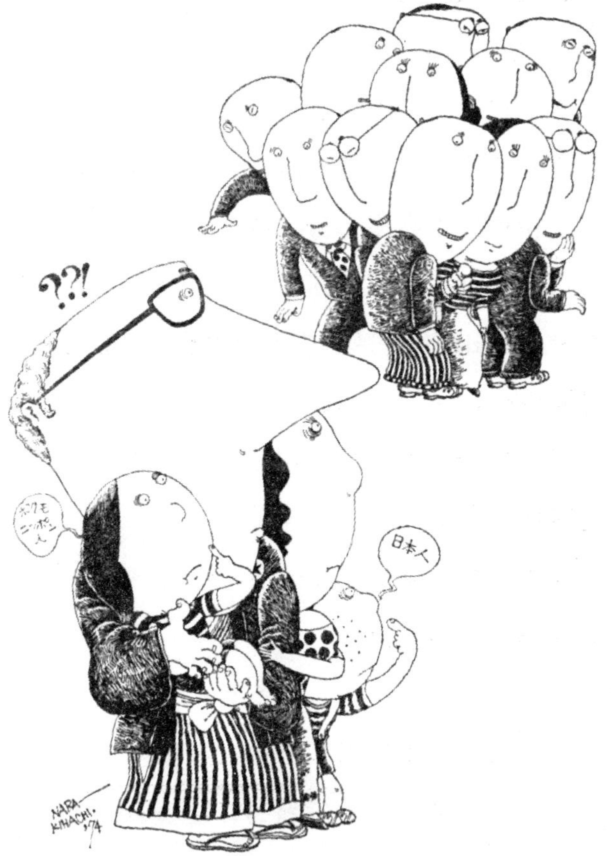

日本人虽以丰沛的人情和周到的礼仪而著称，骨子里又有根深蒂固的排外心理，使得他们很难与外人和谐相处。这幅漫画描绘了外国人在日本受歧视的情形。

这些都是小事，无损于横田先生的形象，人非圣贤，孰能无过？何况，总的来说是他有恩惠于我，我应该感谢才是。只是有件事情，使我对他的好感丧失殆尽。那是十年前夏天，北京发生“六四风波”，震动了全世界，日本的媒体十分轰动，电视节目通宵达旦地播放。这一段时间，横田先生精神处于高度亢奋的状态，动不动就给我打电话，告诉我北京最新发生的情况，分析事态的发展。横田的过分热心终于使我警觉，加上他肆无忌惮地贬低中国领导人无能，嘲讽中国学生的幼稚，无组织无纪律，没有一点爱国心，那副得意洋洋的嘴脸，真是令我反感之极。

说实在的，诸如此类的话我们自己私下也经常口无遮拦，但一旦出自外人之嘴，我们就不能容忍。疮疤自己揭可以，别人揭就不行，因为自己揭和别人揭，出发点和目的大不相同。横田先生对“六四风波”幸灾乐祸的态度表明：他并不是希望中国的局面真正好起来，当然，他也不希望中国的局面乱下去，乱到祸及日本的程度。他是希望中国毫无起色地维持下去，中国没有起色，日本才越发显得了不起，可以名正言顺地充当亚洲老大。

更为可恨的是，在幸灾乐祸的同时，横田先生又摆出一副救世主的样子，说什么中国一旦真的出了问题，日本是不会袖手旁观的，一定会来帮助中国政府——说到这里，他总是重重地强调“帮助”这两个字，得意之情溢于言表，那口气与当年日本鼓吹“日中亲善”、“大东亚共荣”简直没有什么两样。

然而比起对苏联，横田先生对中国确实是够友好的。一提起老毛子，他就脸红脖子粗，一副要拼命的样子。这时横田先生显得特别哥们儿，也变得推心置腹起来，俨然日中两国是一家。他语重心长地开导我：沙俄当年凭武力割走中国东北大片领土，面积相当于两个半法国，苏联二战后占领日本的北方四岛，至今不肯归还，中日两国应该联合起来对付这个共同的敌人。我敢肯定，横田先生见了每个中国人都是这么鼓动的。

然而，横田先生也有令人敬佩的地方。每次听到我赞扬日本的先进发达，他都要泼冷水：“别看日本现在很繁荣，一旦碰到什么事情，立刻就完蛋。”这样的话我听了不知多少回，这不是故作姿态，而是发自内心。有一次横田先生跟我打听八旗子弟的事，我告诉他，那是清代的一批纨绔子弟，靠着祖宗的福分，终日不务正业，吃喝嫖赌，养犬斗鸡，大清帝国最后败在他们手里。横田听了很感慨。于是我反问他：日本有没有类似八旗子弟的人呢？他一听就跳了起来，斩钉截铁地说没有，并且强调：日本要是有八旗子弟，早就完蛋了。

横田先生滴水不漏的忧患意识与爱国精神，让我敬佩的同时，也让我感到恐怖。随着我在日本久住，同他的交往渐渐稀疏起来。我早就发现，横田先生对中国人到日本谋生很不以为然。他不止一次地问我：中国地方那么大，日本地方那么小，中国人为什么还要跑到日本来。我无言以对。由于特殊的原因，我在日本多住了几年，挣了几个血汗钱，不得不面对这种无可辩驳的质问。后来日本泡沫经济崩溃，中小企业纷纷倒闭，横田先生的服装厂似乎也难逃厄运。从那以后，我再也没有看见他。

写于1998年

2. 桃太郎居酒屋

前不久，我的朋友猪木先生来北京观光——不，准确地说，其实是来看牙。东京看牙特贵，尤其是装假牙（日本叫义齿），不在健康保险费用之内，材料好一点的全得自己掏腰包，价钱是咱们这儿的好几倍。

猪木先生是我在东京一家餐馆打工时认识的。在我的印象里，他是一位性情随和、工作认真的人，智商虽不高，却不妨碍我们成为朋友。重要的是猪木先生对中国有感情，聊起《三国志》、《西游记》什么的，总是兴致勃勃的，简直比我还清楚。有一次听我讲起中国的物价如何便宜，他眼睛瞪得老大，仿佛听到天方夜谭，后来一有机会就跟我打听这件事，若有所思。我想这大概就是猪木先生北京之行的由来。

我陪猪木先生到魏公村口腔医院门诊部来回跑了几趟，便大功告成。猪木先生镶上了一枚质地精美的瓷牙，光鲜白亮，看上去简直可以乱真。摸着下巴，私下一算账，猪木先生咧嘴笑了：花费只有东京四分之一，去掉这次来北京的旅费，还能富余七八万日圆！

一喜之下，猪木先生竟动起在北京安家的念头。相比之下，北京的日子真是太好过了，同样的钱若是在中国花，可以天天住高级宾馆，吃香喝辣，打的兜风，还能与漂亮的小姐交往。而在东京，这连想都不敢想哇！猪木先生已过而立之年，至今仍是光棍汉一人，连一个女朋友都没有，真是太惨了。如今东京小姐的择偶标准是“三高”——高薪、高个儿、高学历，像猪木先生这样一高不沾，成天与托盘抹布打交道，见了客人就低头哈腰说“哈依”的打工仔，是没人多看一眼的。

北京城里有许多不伦不类的日本料理店，令来京旅游的日本客人大呼上当。

大概是因为情绪好，猪木先生食欲极佳。对他的好胃口，以前在餐馆打工时就领教过，现在又有新发现。不像别的日本人总是嫌中国菜味道太重，太油腻，猪木先生对中国菜的喜爱，简直到了近乎崇拜的地步，连青椒肉丝、宫爆肉丁、木须肉这些普通的家常菜，都是“最高、最高”（日语至高无上之意）地赞叹不已，每次都是风卷残云，打扫得干干净净。最令我感动的，还是他进餐时忘我的神态：那对放光的眼珠紧紧盯着菜盘，嚼到要紧处，情不自禁地微微闭上，脸上每一块肌肉都溶化在咀嚼的喜悦中。从这目光中，可以看出一个壮年单身汉的全部饥渴和欲望。食色，性也，这两样事情其实是相辅相成的。性饥渴的人，食欲也差不到哪儿去，并且往往通过暴食来补偿性压抑，这也是没有办法的办法。

我陪猪木先生去了故宫、长城和颐和园。对于北京的名胜古迹，猪木先生看上去兴致勃勃，拿着傻瓜相机拍个不停，其实并没有多少兴趣，倒是进了动物园，见了熊猫老虎长颈鹿，他才精神焕发起来。都说如今的日本年轻人胸无大志，沉湎于物质享受，看来不是没有一点道理。日本的传媒把这些人称作“新人类”，猪木先生或许可以列入其中。

我还发现，猪木先生对中日近代的历史，特别是日本侵略中国的那段历史一无所知，于是带他去了卢沟桥，参观了抗日战争纪念馆。在“九一八”事变和南京大屠杀的照片面前，猪木先生眼睛瞪得核桃一般大，连声说真是想不到，日本军人居然会干出这种事情来，学校的历史教科书上从来没有讲过这些事。那天晚上吃饭时，原以为猪木先生的食欲会受些影响，没想到他照样狼吞虎咽。

猪木先生在北京盘桓多日，吃遍了我熟悉的大小餐馆，几乎每次都是心满意足，尽兴而归，唯有一次稍有例外。因为吃多了大餐，我想让他尝尝北京的风味小吃，于是带他去了西单一家小有名气的春饼店。春饼上来时，猪木先生问我是什么，我想了一下，发现日语里找不到对应的词，因为形状有点像春卷，便说是春卷。猪木先生不无惊讶地嘀咕一句："这种春卷怎么那么大。"夹起一个咬一口，皱了皱眉头，就放下了筷子。我问他为什么不吃，他说这种春卷味道好怪，同横滨中华街的春卷不一样。我明白了他的意思，赶紧纠正说："这不是春卷，而是春饼。"——我自造了一个词，然后解释说，这是一种北京风味食品，非常有名，历史悠久，当年连乾隆皇帝、慈禧太后都爱吃，可惜还没有传到日本云云。听了我这番神侃，猪木先生释然，再下筷子，味道果然大不相同，又"最高、最高"地呼将开。

回国前一天，不知是为了报答我这个美食向导，还是因为连日吃中国菜嘴有点腻，想换换清淡的家乡口味。猪木先生指着北京市旅游地图上一家"桃太郎居酒屋"对我说，今晚请我吃日本料理。我心里有点犯嘀咕，这种地方价格是很吓人的，比起中餐馆子常常要贵好几倍，便如实相告。他犹豫起来，沉吟了片刻，还是决定去。我想：一定是那枚价廉物美的“义齿”帮他下了决心。

桃太郎居酒屋地处繁华的三元桥闹市区，外表看还像回事：木制拉门，和式灯笼，印着店名的蓝印花布半截子门帘，营造出东瀛特有的气氛。可是一进门就不对了，整个都显得不伦不类。那个榻榻米，其实就是东北农村土坑的粗略改造，上面铺着一层黑乎乎油光光的草席；高得过分的墙顶垂挂着三流宾馆经常可以看到的那种造型平庸的枝型吊灯；一把涂得花里胡哨的巨扇醒目地占据了整面墙壁，给人一种极不安定的感觉。最离奇的，还是这儿的活动人形——服务员小姐的模样，她们上身罩一件印着店名的和式工服，还算凑合，下身就乱套了，有的是牛仔裤，有的是健美裤，有的是运动服；鞋子也是五花八门，有穿皮鞋的，有穿球鞋的，还有趿拖鞋的。

一进门，一阵劈头盖脸的“伊拉夏妈舍”（热烈欢迎）把我们吓一大跳。小姐们的日语发音非常古怪，不仅我听不懂，就连猪木这个正宗日本人也不得要领。于是改国语，一张口，又让人发愣：小姐们国语怎么也别别扭扭的？后来才知道，都是刚从山东农村出来的打工妹，乡音还没有来得及改过来。

一落座，猪木先生就开始评头论足起来，比起在中餐馆子里吃饭时的谦恭有礼，现在的他显得自信而活跃，甚至用刚刚学会的中国话同小姐们开起玩笑来。直到她们递上菜单，他才正经起来，皱着眉头点了几样菜：水豆腐、凉拌菠菜、烤鱼条、煮土豆，踌躇了一下，又点了个“天麸罗”（一种面粉裹鱼虾素菜的油炸食品），外加两瓶啤酒。

菜上来了，一着筷子，他就大惊失色地嚷起来：水豆腐上的葱丝怎么那么粗？凉拌菠菜的作料怎么不是“味噌”（日本的豆瓣酱）？酱油为什么味道发苦？而令他最不能接受的，还是“天麸罗”，白生生的炸面团根本看不出里头的名堂，跟日本料理店里那种炸得透明、秀色可餐的东西完全不是一回事儿，简直让人无从下口。只有那盘煮土豆稍稍让他满意。不过抱怨归抱怨，猪木先生还努力对付着吃。

吃到那盘“天麸罗”时，终于出了问题，猪木先生的表情突然僵住了，就像电影镜头定格一样。我问猪木先生怎么啦，他没有回答，哭丧着脸，把一团面粉从嘴里取出来。我仔细一看，面粉里面裹着那颗新装的瓷牙，依稀露着尖头。

天下没有白吃的午餐，全世界数一数二经济强国的日本人到中国这种第三世界国家来享福捡便宜，不付一点代价怎么可能？

买单时发生了争执，一看对方是日本人，而且被所谓的“天麸罗”粘掉了刚镶的假牙，老板软了下来，打了个对折，只收一百多元。然而这点补偿对于猪木先生只是杯水车薪。他已买好机票，本来明天可以圆满回国，现在却因这顿倒霉的日本料理前功尽弃，还得再去医院送钱，确实有点不公平。不过话要说回来，假如“义齿”到了东京再被什么东西粘掉，岂不更糟？付的代价肯定会更大。再说，天下没有白吃的午餐，全世界数一数二经济强国的日本人到中国这种第三世界国家来享福捡便宜，不付一点代价怎么可能？

然而，猪木先生并没有这样的觉悟，他对这顿倒霉的日本料理一直耿耿于怀，临回国前，还忿忿不平地对我说：“这是我在北京吃的一顿最贵、也是最糟糕的饭！”

写于1994年

3. 日本人的狗

因为在东京生活过几年，会几句日本话，逢有日本朋友到北京观光，不免去陪一下，麻烦由此而来。

这种麻烦多半与“宰老外”有关。说起“宰老外”，已不是什么新鲜话题。在某些国人看来，外国人个个都是腰缠万贯的大款，到中国这种物价低廉的地方来享福，出一点儿血是理所当然的。每逢这种事情发生，作为老外的陪同与朋友，常常被推入尴尬甚至悲惨的境地。

记得那次友人竹内先生来北京旅游，我就为他吃了不少苦头，回想起来至今仍心有余悸。竹内是中国文化崇拜者，陶瓷、书法、绘画、气功、太极、茶艺什么的样样喜欢。由于他的影响，太太也成了中国文化爱好者，别看没多少艺术细胞，却整天拿着毛笔在宣纸上涂涂抹抹，弄些岁寒三友之类，还郑重其事地盖上印章，那玩艺儿也是她自己刻的。竹内太太不仅给自己刻印章，还给别人刻，甚至不知天高地厚地给到日本开画展的我那些画家朋友刻，热情实在令人生畏。因为这个原因，竹内先生每次来北京，总要买些文房四宝，带回去讨太太的欢心。那次来北京，正好他太太五十大寿临近，竹内说要买一块象牙图章作为生日贺礼。于是我带他去了琉璃厂。

在琉璃厂一个名叫海王村的民间工艺品市场里，我们找到了一家挂着“专营象牙翡翠”招牌、看上去十分气派的店铺。店主是位摩登女郎，态度之殷勤，服务之周到，令人过意不去。可是一开价，把人吓得头皮都发麻。一根手指头粗的象牙，竟要价3800元，简直比金子还要贵。不过女老板倒是挺好说话，看我们不想买，便连连优惠，最后优惠到差不多只有原价的五分之一。竹内先生有些心动，我却开始怀疑起来，再看那象牙，成色仿佛也有了问题。就在竹内先生准备掏钱的时候，我阻止了他。这一下不得了，女老板那张妩媚的脸立刻变得狰狞起来。我一看不妙，带着竹内赶紧撤，刚跨出店门，就听见一声恶狠狠的骂：“日本人的狗！”

第一次遭这样的骂，真是有点心惊肉跳。在中国人骂人的词汇里，“狗”这个字最具杀伤力，什么狗东西啦、狗娘养的啦、狼心狗肺啦，等等，更何况这还是一条日本人的狗，就更等而下之了，令人想起汪精卫之流的民族败类，不杀不足以平民愤。尽管如此，我心里还是坦然的，因为事情根本扯不到这儿，女老板的行为纯属恶人骂好人。

但在有些场合，事情就不那么简单。前不久我为小岛一郎先生做翻译，苦头吃得就更大。小岛先生是东京一位哥们儿的房东的亲戚，据说在大阪开一家药铺，很有些资产。可是从外表和谈吐，一点儿都看不出他是个有钱人。不像很多日本人到了中国利用物价低廉、日圆升值好好潇洒一下，他却打定主意节省每一个钱。也不知道是通过什么渠道，小岛先生住在永定门附近一家廉价的旅馆，房间里连卫生设备都没有，厕所、淋浴还有电话都是公用的。我注意到，在那里住店的大都是南来北往的小商贩，小岛先生混在里头，只要不开口说话，完全可以以假乱真，谁也不会把他当成外国人。我到现在都弄不明白：洁癖成性的日本人何以能够忍受如此简陋的现代大车店。小岛先生出门坐公交车，吃饭下小铺子，偶尔打车，也是那种最便宜的“面的”，而且打车之前先要问我远不远，如果我说不远，他就请我同他一起散步，还向我宣传散步对身体的种种好处。小岛先生不愧是个药商，精通养身

我到现在都弄不明白：洁癖成性的日本人何以能够忍受如此简陋的现代大车店。小岛先生出门坐公交车，吃饭下小铺子，偶尔打车，也是那种最便宜的“面的”，而且打车之前先要问我远不远。

之道，他从脚底的穴位说起，一直说到人体的奇经八脉，证明步行是一种最好的运动。于是我反问：既然如此，大家以后要是只散步，不吃药，你的生意怎么做？小岛先生嘿嘿一笑，没有听出我的弦外之音。

有一次小岛先生要买枸杞子、龙眼什么的，我陪他去了同仁堂药店。到了那里他什么也没买，却把价格一一记了下来，然后指着北京旅游指南，要我带他去天坛附近的农贸市场，说那里可以买到更加新鲜的。到了那儿，他一个摊位一个摊位地问价钱，几乎问遍了整个农贸市场。天坛农贸市场规模之大，全北京数得上，小岛先生的认真、耐心，还有他的腿脚功夫，都叫我佩服得五体投地，怀疑他以前是跑马拉松的。一圈逛下来，我快散架，他却健步如初，胸有成竹地踅回到那个价格最低的摊位，开始同摊主讨价还价。他满脸堆笑，又是低头又是哈腰，杀起价来却一点儿不含糊。这下子苦了我。卖主是个性子耿直的老乡，一看是个小日本，态度又那么和蔼，不相信他会那么苛吝，便以为是我这个陪同在从中作怪，讨好小日本，好从中牟利，所以对我很不客气，甚至恶言相向。小岛先生倒是极有耐心，软磨硬泡，毫不气馁，像切薄片一样地一点一点往上加价，说服对手。无奈老乡是个死脑筋，守住原价寸步不让。失望之中，小岛先生只好再另换一个摊位，故伎重演，同卖主开始了又一轮马拉松拉锯战。看看天色已晚，买卖毫无进展，我只好出面调停，建议双方都作一点让步，卖主倒是同意了，小岛先生却是满脸不悦，板着脸问我，这个价钱是站在哪一方立场定的，似乎是在怪我胳膊朝外拐。来回拉了半天抽屉，还是未能成交。

最后终于碰上一位特别好说话的卖主，经过一番讨价还价达成协议，小岛先生脸上露出了得意的笑容。然而，就在卖主称秤的时候，我看破了他的花招。精明的小岛先生居然没有注意到。这一发现使我有点儿幸灾乐祸，小岛先生志满意得的表情更使我保持沉默。但是，就在他准备掏腰包的那一刹，鬼使神差般地，我又傻劲发作，一下子捅破了卖主的钱袋。

结局不想叙述了，反正又遭到了类似的恶骂，完全咎由自取，活该。其实像小岛一郎这样的日本人并不值得我特别的主持正义，用日语来说，这叫“八格正直”，但愿以后不再干这种傻事。

写于1994年

4. 再见，小日本

我曾有幸在国内豪华的四星级宾馆免费住过一宵，享受了一番当阔爷的滋味。这要归功于巴基斯坦航空公司的慷慨招待。那次回国，为省钱坐的是巴航的飞机。东京至北京的往返机票，巴航最便宜时只有中国民航一半、全日空三分之一的价钱，对我们这些靠打工度日的穷留学生来说，真是莫大的福音。回来时一路顺风，回去时碰到了麻烦，我们定乘的那班飞机，由于技术故障不知搁浅在世界哪个角落。于是，就意外地捞到一回做阔爷的机会。只是没想到巴航那么豪爽，竟以四星级饭店弥补我们的损失，也不怕赔了老本。这个困惑我到现在也没弄明白。

说起来叫人难以相信，享受这次免费招待的乘客中竟有一大群日本人，原以为日本人有钱，且有洁癖，不会问津这种低档次的第三世界国家的航班，看来我的想法太片面。且不说日本人里头也有穷人，还有花钱比穷人更小心的富人呢。从这群日本人的表现来看，完全证明这一点。

当肤色黧黑、精瘦如猴的巴航工作人员用别别扭扭的巴式英语向大家解释飞机出故障时，反应最强烈的是日本人，那样子简直不亚于目击广岛原子弹爆炸。几个穿得花里胡哨的老太太眼睛鼓得大大的，互相打量，嘴里发出长长的表示不可思议的“哎——”，其余的人纷纷摇头埋怨，后悔坐了这趟倒霉的班机，一个工薪族模样的中年男子当场发起了脾气，责问巴航官员为什么不守信用，耽误了他的工作。直到巴航工作人员说出今晚免费为大家提供食宿，抗议声才稍有平息。

一辆崭新的宾馆旅游大巴满载着抱怨和不平驶出机场，boy们殷勤的笑容和周到的服务也难以消解日本客人的怨气。大约半个小时后，汽车拐进了一条幽静的林荫道，两旁别墅掩映，车内渐渐安静下来。当汽车沿着郁郁葱葱的冬青，驶进一个宽敞的广场，朝一幢古色古香的建筑开去的时候，车内鸦雀无声，所有的人都屏住了气息。

“这儿？”

日本人互相交换着怀疑的目光，几秒钟后，赞誉声响起：“真是一家豪华的宾馆啊！”

走进宾馆大门，客人们更是被豪华的气派所震

耐人寻味的是，封闭排外的日本人十分喜欢海外旅游。请看这幅漫画：日本人成群结队涌向海外观光，自己家里却不让外国人参观。

慑，天顶敞亮、宛如热带植物园的大堂里，门德尔松的小提琴曲在优雅地回响，木轮水车在潺潺流水声中欢快地转动，身着崭新的红色制服、头戴小圆帽的boy们穿梭在大堂里，和蔼地向客人行着注目礼。这样气派的宾馆，要是在东京算是哪一级的呢？日本客人拘谨了。然而在boy们殷勤的迎候下，他们很快就变得谈笑自如，大模大样地坐在大堂沙发里，享受着免费茶水，等候安排房间。

看来这是一家刚开张的高级宾馆，一切都是亮铮铮的，一切都有待于磨合，boy们显得热情有余而经验不足，他们对眼前的这批日本客人缺乏基本判断。所以当他们殷勤地将客人及其行李送到房间时，尴尬就发生了，面对一连串的“多多感谢”而无实质性表示时，苦水只有往肚子里咽。与我同房的龟田先生还算见过世面，面对迟迟不肯离去的boy，脑子终于开窍：“噢，小费”，说着从口袋里掏出一张一元票子递过去，打发了boy。

安顿好房间，来到富丽堂皇的餐厅，一切已经准备就绪，每个圆桌上八菜一汤，配上如花似玉的服务员小姐，像是个秀色可餐的宴会。面对丰盛的菜肴，日本客人酒兴大发，连呼“饮物”（酒水），小姐们应声上来，手里拿着点菜单，问诸位要喝什么酒水。这点菜单仿佛有吓人的魔力，把客人吓了回去，“あ，别の料金か”（原来另外算钱），一个中年男子小声嘀咕道。于是，原先要两瓶啤酒的人现在只要一瓶，原先要饮料的现在改成茶水，一顿饭有滋有味地吃了下去。

吃完饭，日本客人剔着牙，打着嗝，成群结队走进了宾馆底层的免税商店，也许是这次意外的免费招待的刺激吧，他们的购物劲头极旺，真丝手绢、乌龙茶、海藻香皂买了一大堆。到了工艺首饰部，节奏慢了下来，在精美而昂贵的翡翠、珍珠、玛瑙、玉器面前，客人们露出了谨慎的目光。年轻貌美的售货员小姐竞相用怪异的日语向客人推销，马上有两位谢顶的男士迎上前去，一边是推销心切，一边是色胆包天，讨价还价于是变得极为下流而且可笑。日本客人仗着鼓鼓的钱包，脸上露着猥亵，话里带着荤味，十分放肆，好在小姐日语尚欠，不甚明白其中的意思，看在日圆的份上，吃点亏也不在乎。几串珍珠项链换了又换，玉手被人家摸了又摸，最后终于成交。

这批日本客人中，亀田先生是唯一被安排和外国人住一个房间的人，一听我是东京大学的，呼隆就是一个大鞠躬，还说是有生以来第一次同东京大学的人说话，态度十分恭敬。吃完饭购完物回到房间后，龟田先生取出一块雪白的毛巾，擦着头上的汗，犹犹豫豫地望着我，问我是否洗澡。我看出了他的心思，他自己想先洗澡，又不好意思，就问我洗不洗，于是作了一个请的姿势——“どうぞ”（请），龟田先生说了声“我先洗了，对不起”，这才去了卫生间。

随着放水的声音，传来了龟田先生大惊失色的呼声。我进去一看，也吃一惊。水龙头里放出的热水竟如黄泥汤一般，热气腾腾扑面而来，放了一会儿，仍不见变清。我无奈地对龟田先生耸耸肩，劝他忍耐一下。

没想到龟田先生真能忍耐。二十分钟后，他全身绯红，系着浴巾，拧着已变成黄色的毛巾，出了卫生间，嘴里嘟嘟哝哝地抱怨：这么高级的宾馆，洗澡水竟是这个样子，真是不可思议。龟田先生拿起空调遥控器，问我热不热，我说不热，一出口马上醒悟，赶紧改口，龟田先生于是心安理得地打开空调。日本人极懂礼貌，善于从对方的角度考虑问题。看来我也快成了日本人。

不一会儿有人敲门，通知聚会。龟田先生换上宽松的睡衣，对我说声“失礼了”就出了门。一会

海外旅游的日本人，紧密团结、寸步不离，给人留下深刻的印象。

儿，隔壁传来说话声，夹杂着放肆的笑声，好像是在议论洗澡水的事儿。后来，传来了干杯声，干杯以后，有人开始唱起歌来，一唱三叹，有板有眼。众人和着打拍子，后来还有人跳起传统的日本舞，走调的伴唱，把人带进遥远的江户时代，期间掌声阵阵、高潮迭起。聚会一直持续到深夜。

第二天一大早，我们就被宾馆服务电话叫醒，日本客人个个面无倦色，精神抖擞地来到餐厅吃自助餐。吃完早餐后，大家就到房间取行李，boy们沉着脸，推着行李车，把箱子一件件放上去，到了大堂，看看客人一如昨晚，只有一声声惠而不费的“多多感谢”，便卸下行李，忙别的事去了。

其实，没有boy们的效劳，地球也照样转，此后上下车搬运行李，直到登上飞机，日本人互相帮助，井然有序。

大巴快要开动的那一刻，出现了一个颇具戏剧性的场面：boy们并排站在宾馆门口，冷冷地望着这批一毛不拔的客人，没有一个上来跟车服务。忽然，其中有谁一声令下，boy们一齐弯腰鞠躬，嘴里高喊“欢迎再次光临”，听了让人好难受。

写于1995年

5. 成田机场的孤独身影

那年冬天回东京，在北京机场候机大厅的一角，我看到一幕颇为壮观的送别场面：七八个地方官员模样的人，围着一位日本老人握手话别，翻译忙得不亦乐乎，那份热情和隆重，简直不亚于中央首长们欢送国家主席出访欧洲。再看那位东瀛老者，倒是无甚特别，同其他出生于战前的日本人一样，身材矮小，长相平平。于是引起我的好奇。

在身后一片热烈的欢送声中，我尾随日本老人走进红色通道。老人推着手推车，行动有点迟缓。他的行李不少，大大小小五六件，像是土特产之类的，把手推车塞得满满当当。到了安全检查处，他把行李一件件往下卸，样子颇吃力。我上前一步，搭了一把手，听见两声惶恐的谢谢。通过检查箱，他再把行李一件件装上车，我又搭了一把手，又听见两声诚恳的谢谢。

趁排队办理登机手续的空当儿，我同他攀谈起来。听完我的自我介绍，他掏出一张名片，鞠着躬，捧着递给我。我接过一看，上面印着：

饭田一郎　日本国××县××市日中友好协会理事长

我心里明白了大概，对这位老人的好奇心随之消去一半。像这样的日中民间友好团体在日本有很多，其成员多为上年纪的老人。也许是出于对当年参加侵华战争的赎罪心理，不少日本老人退休以后自发组织起来，从事日中友好工作。他们定期举行联谊活动，在生活方面帮助刚到日本的中国留学生。我的房东青木先生就是这么一个人。他把自己的房子租给中国留学生，租金也比较便宜；留学生有困难求上门来，他也是尽力帮忙。不过，这些老人大都只是凭本能的良心做着这些善事，并不见得对那场侵略战争有多深刻的反省。

办完登机手续，看时间尚早，饭田先生请我到候机厅旁边的咖啡室喝一杯。我知道，他是在还刚才的情。日本人在这方面从不拖欠。

我们边喝咖啡边聊天。我问起刚才给他送行的那些人，老人这一下来劲了，戳着自己鼻子，用含混不清的汉语说：“老朋友，我的老朋友。”然后郑重地声明：“都是些了不起的人物。”

老先生忽然想起什么，从手提包里拿出一本相册递到我面前。我翻开一看，里面全是他同中国地方官员的合影。我的目光在一幅照片上停住了，那像是在一个新闻发布会上，饭田先生站在主席台正中，高举横牌，上面红底白字赫然写道：捐赠××围棋学校日圆150万。两旁的人都在热烈鼓掌。

我不由对他刮目相看，从穿着和谈吐看，眼前这位老人绝非阔爷，这笔捐献对他不是个小数目。

“你一定是围棋手吧？”我想了想，问道。

“谈不上，谈不上，只是业余爱好而已。”老人谦虚中不无几分得意，又从兜里掏出一张名片给我，上面印着：××市围棋学校名誉校长。

“你以前到过中国？”不知怎的，我嘴里滑出了这句话。

老人脸上掠过一丝不自然，避开了我的目光，仿佛自言自语地说，“那是很久以前的事了……”突然，他双手按在桌子上，低下头，面有愧色地对我道歉，“那时，日本给你们带来了很大麻烦，真对不起。”我默然无以对答。在东京时，偶尔也碰到过类似的道歉，心里觉得格外别扭，让人联想起日本人为一点屁大的事儿彼此没完没了地道歉的情形。日本人平常的小题大做，和对发动这样一场侵在东京时，偶尔也碰到过类似的道歉，心里觉得格外别扭，让人联想起日本人为一点屁大的事儿彼此没完没了地道歉的情形。

略战争的滔天罪行的大题小做，形成多么鲜明的对照！一般的日本人且不说，即使是那些主张中日友好的人士，在这个问题的认识上也是似是而非、模棱两可的。这使我想起前不久报纸上看到的消息和照片特写：一位参加过侵华战争的日本空军飞行员晚年良心发现，执意要到重庆——当年他投过炸弹的地方向中国军民的亡灵下跪谢罪，以摆脱良心的谴责，可惜尚未成行就逝世，死之前把这一遗愿托付给儿子，若干年后儿子来到重庆，在中国军民的亡灵面前长跪谢罪，然后松一口气说："终于了结父亲的心愿，现在他可以安心了。"说实话，看了这篇报道和跪拜的照片，我心里很不是滋味，这种道歉究竟是为自己，还是为死难者？

更让人感到不安的是，我们中国人自己记性也坏得厉害。记得有一年的除夕，青木先生请我去参加一个由他张罗的新春联欢会，令我哭笑不得。联欢会是在一所小学礼堂里进行的，张灯结彩，人头济济，气氛好不热闹。一群日本老人在一架电子琴伴奏下，照着歌本，咬着不准的音，扯开嗓子唱起《我的中国心》、《大海啊，大海》。而后，一位风韵犹存的日本老太太，捏着话筒，情真意切地唱起了《何日君再来》。我一听，简直要晕

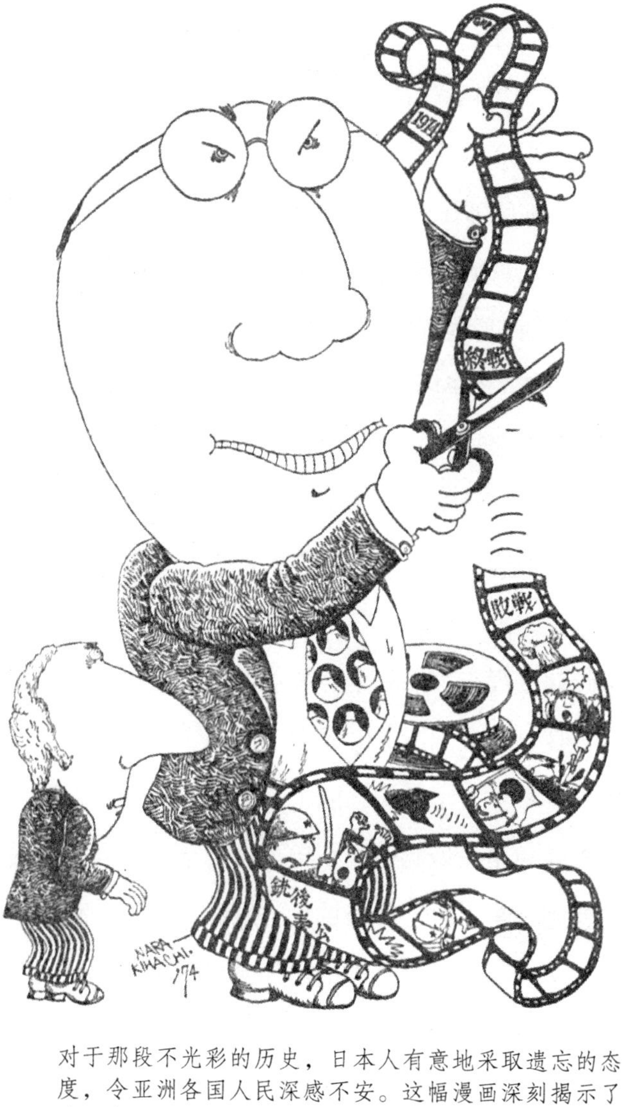

对于那段不光彩的历史，日本人有意地采取遗忘的态度，令亚洲各国人民深感不安。这幅漫画深刻揭示了这一点。

倒，这首歌不就是当年在沦陷区，不知亡国恨的酒吧歌女给皇军官兵唱的么？没想到今天又在这里听见。不料一曲终了，底下响起热烈的掌声，连在场的中国留学生也跟着拍手叫好，不少日本老人，当众抹开了眼泪，嘴里还“满洲”长、“满洲”短地唏嘘……

我们默默地喝着咖啡。不一会，广播里响起了登机的通知，缓解了尴尬的气氛。

登上了民航班机，我们又是邻座，饭田先生谈兴高涨起来，喋喋不休地赞叹起中国五千年的历史文化，辽阔的国土，还反复强调日本只有同中国合作才有前途，中国人和日本人本来就是一个种，连文字都一模一样的，等等。然后，又翘起大拇指，称赞起毛泽东和周恩来，说他们是世界上最伟大的人，在日本最困难的时候帮助了日本，放弃了战争赔款。我岔开了话头，问他在中国生活是否习惯，他连连称是，说起中国物价如何的便宜，老人如何的受到尊重，生活如何的安逸，和日本比简直是天上地下，“要是拿日本的退休金到中国来生活，真是神仙过的日子。”他眉飞色舞地说，我顺水推舟，建议他干脆搬到中国来，哪知他早已作好这个打算，兴奋地告诉我，围棋学校已经为他备了宿舍和办公室，还为他配备了专车，以后他准备一半时间在日本，一半时间在中国，要为中日两国的文化交流当桥梁。

飞机抵达成田国际机场时，已是晚上八点。一下飞机，不知是因为旅途疲劳，还是环境的衬托，饭田先生忽然换了一副模样，变得老实巴交、规规矩矩起来，和在飞机上谈笑自如简直判若两人。出海关时，他的一大堆行李碰上了麻烦。在一位官员的仔细盘查下，老头儿低头哈腰，连连陪笑，不敢有丝毫的不敬，折腾了好半天才放行。出了海关，我发现没有人接应他。正在我为饭田先生的一大堆行李担心的时候，他停了下来，彬彬有礼地向我告别，然后推着手推车独自一人向出口走去。这时我发现，饭田先生的背影是那样老态龙钟，在灯火辉煌、高大宽敞的机场大厅里，显得越发可怜渺小。

望着这个孤单的身影渐行远去，我终于领悟到，中日两国的友好，除了其深远的历史意义，对于这位老人，还别有一番现实的意义。

写于1996年

第三编 另类日本人

日本人在生活方式、思维方式上表现出较强的同质性，但日本依然存在不流时俗的“另类”，他们生存艰难，却执意坚守。正是这些人的存在，为日本社会、日本文化平添了新鲜的活力，也为日本赢得了世人的尊重与赞叹。

1. 艺术流亡者久保田

久保田太太确是一位特殊的日本人。

她的名片似乎就是她的象征。那是一块质地粗糙的毛边纸，上面什么头衔、职务、所属也没有，除了姓名和地址。在日本这样一个重视名分、强调归属的社会，这不啻有某种挑战意味。

不像有的日本人到了北京见到中国的头面人物，又是低头又是哈腰，谀词虚礼一大套，她呢，只是平静而礼貌地点点头，说一声“我是久保田”；假如听到有人问她：“你是日本画家？”她回答之后，也许还会修正：“我是个画家。”

她的长相不同寻常，将近一米七的个头儿，在她那个时代的日本女性中是罕见的，仪表之大方、敦厚、自信，同历来娇媚柔顺的东瀛女子的形象判然有别，令人想起那些气质高贵的欧洲贵族女子。

我与她的相识纯属偶然，那是五年前的一个黄昏，在银座的文艺春秋画廊。

银座是个画廊云集的地方，约方圆一公里的地

作者与久保田合影，摄于东京大森久保田家中。

盘上，六百多家画廊争奇斗艳，也许就是世界上画廊最多、最集中的地方了。画廊一多，也有不利的后果，就是客人显得稀少。事实上，一般的画廊在展览开幕时热闹一阵子之后，就再也没有什么人光顾，只剩下画家（或他的家人）一人独守画廊，与自己的作品形影相吊，情形好不寂寥。眼前的展览也是如此，空空荡荡的画廊里，挂着一幅幅色彩鲜艳、形状奇特的抽象图案，令人想起康定斯基、保罗·克里的作品。我对抽象画是外行，也没有太大兴趣，然而不知为什么，眼前的作品似乎有着某种神秘的感召力，在执拗地向我诉说着什么，而且，这些作品的材料也很特殊。

就在我在画作前徘徊、琢磨的时候，忽然看到一个眉清目秀、年近古稀的老太太，伫立在画廊门口，静静地注视着我，十分在意我这个偶然闯入者。难道她就是这些作品的创造者？我有点儿不敢相信，这种风格前卫的抽象画不像出自老人之手，更不像出自女性之手。然而不是她又能是谁呢？日本的画家举办个展时，通常亲自站在展厅里接待客人，等待知音和买主的光临。

我用不太地道的日语向她请教了几句，没想到她的反应极认真，也极热情，使我有点儿受宠若惊。我不过是偶然经过这儿，随便进来看看，绝无可能成为买主，而一个穷留学生跑到画廊看画，一般是无人理会的——这是我到日本后的经验，可以说屡试不爽。因为这个原因，我对眼前这位艺术家产生了几分敬意，由此对她的作品也开始产生了兴趣。于是我们就谈论起来，她向我介绍作品的材料、制作方法、工艺过程，还谈到了最初的创作构思。她告诉我，许多作品是根据儿时的神秘记忆创作的。不知不觉中时间过得很快，走出画廊时，天色已经全黑，一位四十年如一日，用蜡染这种最原始、最古老的工艺，表达内心的神秘记忆，探索现代绘画意蕴的女艺术家，已经在我心中留下一个轮廓。

当时并未想到，因为这一次偶然的相遇，我就成了她的忘年交。日本人对外人向来抱有戒心，绝不轻易交朋友，不经熟人介绍，一般是交不到朋友的。久保田太太对我毫无保留的态度，可以说是一个例外。

久保田太太的行为使我既敬佩，又困惑。查阅了日本的各种美术年鉴，几乎找不到她的名字，偶尔有，也只是在工艺美术栏里一笔带过。在日本，工艺美术没有太高的地位，不被视为正宗的艺术。我终于遗憾地发现：久保田太太是一位默默无闻的画家。

这也许归咎于久保田搞艺术太无组织无纪律，不肯就范于壁垒森严的日本画界。如今的日本画坛控制在几座大“山”手里：平山郁夫、加山又造、高山辰雄，都是清一色的日本画画家。所谓日本画，就是用日本的矿物材料，层层厚涂、堆积、制作而成的纯日本风格的作品，以朦胧、秀丽、典雅为特征，是一批民族意识浓烈的画家战后捣鼓出来的玩艺儿。这几座大“山”，把日本绘画界整治得服服贴贴、井然有序，想在他们之外另辟蹊径，出人头地，可没那么容易。久保田区区一个女流，就更不用说了。

然而这还只是外因。查看一下久保田的艺术履历或许就清楚了，作为一名画家，她既非科班出身，亦非师从名家，而且不归属某个门派，是个无法归类的“野狐禅”。既然连身份都没有，怎么还能够在日本社会获得知名度呢?

这必须怪久保田的父亲。久保田出生于东京的一个知识分子家庭，父亲是明治时期一位活跃的文化名人，曾留学美国哥伦比亚大学，受到西方思想洗礼，回国后参与明治学院的创建，后任校长。明治学院当初是一所基督教教会学院，在传播西方民主思想，推动日本近代化方面起了重要作用。久保田在这样的家庭会受到什么样的熏陶，是不言而喻的。久保田自幼受到良好的艺术熏陶和教育，很小就显露出艺术才能，如果按部就班报考美术学院，投拜名师，归属宗家，事情肯定不会是现在这个样子。在她上完高中，准备考大学前，父亲的一番教导断送了她的世俗艺术前程。父亲这样告诫她："绘画不止是技艺，更是学识和修养，不必专门到美术学校去学。"为此，她没有进美术学校，而是考入东京女子大学，主修英美文学，绘画作为业余爱好保留。久保田后来成为一名画家，完全是凭自己的悟性和深厚的学养自学而成。

久保田早年曾习油画，后来改学染色。艺术转向的契机，是日本的战败。战败后的日本千疮百孔，民生凋敝，穷苦不堪，即便是久保田那样的家庭条件，也只能勉强维持温饱。在这种背景下，继续学油画这种高成本的艺术，已是一种奢想。所幸的是，在久保田的内心，早就有着把高雅的艺术普及到民众中去，将纯艺术与实用艺术结合的志向。对于她，从油画到染色的转向，完成得非常自然。

算起来，久保田唯一的一次投门拜师，就是她曾向一位师傅学过染色技术。师傅是一位热心的长者，不仅教她如何配制染料，如何封蜡，还要求她把图案画得和自己的一模一样，继承自己的衣钵。遗憾的是，师傅的艺术感觉并不十分出色，久保田自然也就无法接受这份抬举。然而，师恩重如山，情意又难却，两难中，久保田只好找了一个借口，怀着深深的歉意离开了师傅的工房。

1955年，二十岁刚出头的久保田参加了“太平洋画会染织部”展览，其作品以新颖的创意和独特的手法，荣获东京都知事奖。某个绘画团体发现这棵新苗，立即予以吸收。然而久保田很快就发现，加入这样的组织对她的艺术发展并不利，画会里森严的等级，顽固的门户之见，对个人艺术风格的限制和干涉，都使她感到窒息。两年后，她自动退出了这个团体，从此再也没有参加过任何画派。

这件事对于久保田似乎很重要，在她的艺术简历上，此事总是被单独列出，声明自己不属于任何画派。后来她到北京举办展览，我给她翻译简历，她也一再叮嘱我不要忘记这一条。我终于领悟：这无异于久保田的艺术独立宣言。

然而，在日本这样一个山头林立、等级秩序森严的社会，这样做无异于自我流放。久保田为此付出了沉重的代价。

一个优秀的艺术家就这样被挤进了工匠的行列，人们承认她是个出色的染色家，却不把她看做是一个地道的画家。但在久保田看来，她的染色艺术能为人们接受，也是件好事，她的目的就是要把纯艺术推向大众，推向生活。两年一度在东京三越百货店举行的展销会，是久保田露脸的绝好时光，人高马大的她从早到晚站在会场，接待她的崇拜者，她的作品很有人气，几乎每次都是一售而空。

与这种火爆形成鲜明对比的，是画廊展览的冷清。久保田把从展销会上挣得的钱，源源不断地扔进银座的文艺春秋画廊，隔两年举办一次个展，至今已经是第十六次。遗憾的是，她的作品至今尚未售出过几幅。这真是太没有道理了，为什么她的艺术灵感印染到领带、衣服和雨伞上人们就接受，画到画布上人们就不承认了呢？为此久保田觉得很苦恼，但是从不气馁。她要通过这一次次的画展，向世界宣布：

我是个画家。

幸运的是，墙内开花墙外香，久保田在国际上

久保田的蜡染艺术作品，摄于北京中央工艺美术学院展厅。

多有知音。很多年前久保田的染色绘画到了巴黎，获得了很大成功，巴黎的一家画廊全部包了她的作品，法国工业大臣还向她颁发了特别艺术奖。

东瀛岛国对于久保田来说似乎太小了，一有机会她就往海外跑：巴黎、米兰、佛罗伦萨、马德里、摩洛哥、开罗、印度……欧洲的现代艺术，非洲的原始艺术，都让她迷醉。久保田最心仪，是德国现代画家保罗·克里的艺术。克里神出鬼没的线条，让久保田梦牵魂绕，其中的激情、灵感和冷静，焕发着永恒的魅力。康定斯基、夏加尔、马蒂斯的作品，也使她灵感纷涌。当她从那里回过头来遥望日本列岛的时候，我想一定有“会当凌绝顶，一览众山小”的感觉吧！

那年冬天我邀请她来北京，在故宫，她整整转悠了一天，内心深为所动，大有相见恨晚的劲头。令我至今难忘的一件事情是，紫禁城里不设餐馆，为了节省时间，中午我们就买了两个简单的盒饭，站在高高的院墙边，和着凛冽的寒风共进午餐。寒风不时吹起她头上的丝丝银发，她却全然不觉，照样津津有味地吃着。那一瞬间，我几乎忘记了她是个日本人。

其实，自从和我认识，她就一直向我打听中国的情况，对中国古老的文明历史表现出由衷的向往之情。她曾表示，蜡染艺术的故乡本来就在中国，她的艺术之根也在中国。那次北京之行，牵住了久保田的心。一年之后，她再度来北京，自费在中央工艺美院举办了染色艺术展。

展览会非常成功。中央工艺美院老院长张仃先生看了她的作品后连声称道，认为她的艺术表现力不同寻常，非一般日本画家所能比。学院里年轻的学生们更是为她的作品所着迷，展览会期间，向她请教的人络绎不绝。很多人惊讶地发现，这种起源于中国民间的古老的蜡染技法，在这位东瀛女画家手里得到了如此精湛的发挥，拥有如此丰富的表现力。他们为这些作品自由大胆的构思、浓郁的诗情和精湛的技艺所折服。一位从事美术史研究的老教授，还从她的作品中发现了神秘的涡旋图系列，并认为这是来自永恒的天体宇宙的启示。

久保田从这个展览中得到了巨大的满足，尤其是对自己的作品获得中国年轻一代的理解和喜爱而深感欣慰。她终于在中国大陆圆了自己的梦。

写于1995年

2. 水墨画师今冈琴子

盘点我的留日生涯，我发现绘画艺术在其中扮演了重要的角色，它不仅是孤独中的精神伴侣，也是我进入日本的一条捷径。我发现自己结识的几位日本朋友，几乎都与绘画有关，与他们的交往使我得益不浅，其中涉及的文化差异乃至文化错位的现象，更是令我兴味无穷。

在这些人当中，今冈琴子是我认识最早的一位。那是1989年春日的一个午后，我彷徨于东京池袋的街头，不知所向。其时我刚到日本，人生地疏，语言不通，生活无着落，婚姻面临解体，现在回想起来，真是狼狈不堪。凄惶之际，一则画展宣传广告映入我的视线——《今冈琴子现代水墨画展》，上面有一幅黑白木偶剧人物画，很有视觉冲击力，引起了我的注意。在国内时我就是一个美术爱好者，到了日本依然如此。我发现，战后日本文化向美国一边倒，油画、日本画（实际上是油画的变种）成为显赫的画种，水墨画备受冷落，几乎沦为家庭主妇的业余消遣，因此这个行当里很难找到真正的高手。然而，眼前这位画家另当别论。仔细一看，今天正是开展的日子，展厅就在眼前安田大厦的三层，于是我奔展厅而去。

使我略感到意外的是，展厅里客人稀散，两个风度翩翩的老妇人竞相朝我鞠躬，表示热烈的欢迎，看我签完名，惊喜地叫起来：“哎——中国人！”向我问起话来，见我表情茫然，其中一个说起英语来，发音古怪，我还是听懂了，马上用英语回答，没想到这下轮到对方听不懂了。尴尬中，一位身穿和服、容貌秀慧、带几分须眉气的中年妇女朝这边走过来，她们立即喊道：“今冈先生，这位是李桑，中国来的。”今冈琴子优雅地向我鞠了一躬，作了一个请的姿势，给我当起向导。

展厅不大，布置得很有品位。墙上挂着二三十幅水墨画，都是木偶剧人物，构图别致，表情生动，其或狂、或忧、或悲、或怒、或思、或叹，散发着幽玄的悲情。一圈看下来，我已被征服。可以说，这是我到日本后看到的最好的水墨画，墨色颇有米家山水的韵致，出神入化，令人欲罢不能。如今的日本水墨画家不懂用笔之道，将墨汁当颜料涂抹，画出来的东西既死板又单调，毫无艺术品位可

今冈琴子的水墨文乐人物像。

言，而眼前的作品却充满写意情趣，与中国画的笔墨之道暗合，而格调又不同于中国画，洋溢着东洋美术的装饰趣味。我对她翘起拇指，用刚学会的日本单词表示由衷的敬佩：“素晴らしい！”（太棒了）今冈琴子却连连摆手说：“いいえ”（不），显得很谦虚。

我想与她交流，却苦于语言不通。正在这时，一位风度儒雅的小个子中年男子陪着一个美国小伙子朝我走过来，用流畅的英文自我介绍说：“我是今冈，今冈琴子的丈夫，有什么需要我帮助？”然后递给我一张名片，头衔是一家公司的对外联络部长。于是我们用英文交谈起来。通过交谈我了解到，今冈琴子从艺三十多年，最早是学日本画的，后来又学油画，最后定位于水墨画，她还主持一个叫“紫水会”的水墨画会，栽培了不少弟子。从交谈中我感觉到今冈先生很为自己的妻子自豪，并且是一个温柔细心、甚至有点脂粉气的男人，这种男人在日本比较罕见。谈话告一段落，今冈先生邀请我与他们共进午餐，我明知这是客气，却欣然接受。于是我们出了展厅，在附近的一家和洋合璧的餐馆，每人吃了一盘定食，今冈先生埋单。吃完饭，又回到展厅，这一次我有机会直接向今冈琴子请教，今冈先生翻译。我问她作画的过程，她的回答是：通过写生，熟记在心，创作时不打底稿，直接在纸上落笔，我问她用笔心得，她说心要静，不能忙乱，心一忙乱，墨色就变坏。我又问她书画同源问题，她显得有点茫然，说没有考虑过，最后我问她最喜欢的中国画家是谁，她说出米芾、梁楷、牧溪的名字，都是宋朝的水墨画家，南宗山水画的代表性人物。

这是我到日本后度过的第一个快乐的下午。第二天我用蹩脚的英语给今冈夫妇写了一封表示感谢的信，没几天收到今冈先生以同样蹩脚的英文写的回信，还有一本薄薄的今冈琴子的水墨画册。这本薄薄的画册给我苦闷的异域生活带来些许愉悦。两个月后的一天，我欣喜地接到今冈琴子的电话，请我到东京国立剧场看文乐。后来我才知道，这是今冈琴子每年一次的写生功课。文乐是日本一种古老的木偶剧，已有四百多年的历史，与歌舞伎、能、狂言一起，成为日本的国粹，内容多为封建时代义理人情的冲突，核心是所谓的忠。由于语言障碍，那天的戏我看得莫名其妙，但舞台美术设计及演员的表演给我留下深刻的印象。三个身穿黑衣的人操纵着一具木偶，忙得不亦乐乎，脸部造型固定的木偶在黑衣人的灵巧驾驭下，表情变得神秘莫测，丰富异常，操纵者此时与木偶完全融为一体。舞台的右侧，两个演员并排而坐，一弹一唱，紧张激烈，与木偶人形的表演配合默契。还有今冈琴子全神贯注画写生的情景，也引发我的思绪，我想：今冈琴子笔下的木偶人物有如此的魅力，与她对文乐的迷恋与深度卷入有关，并且悟出：古老的文乐艺术正是通过今冈琴子那样的艺术家的翻译，才为现代的人欣赏。我的这些想法，后来得到进一步的证实。在今冈琴子的薄薄的小画册上，印着她的创作手记，用的是诗一般的语言——

回响在内心深处三弦琴、义大夫的台词/舞台上人与木偶浑然一体展开的世界/自己也被卷入其中，体味写生之乐/我想描写木偶的人的哀愁。

还有一段更玄妙的，将画家、木偶、操纵人三者融为一体——

奔赴于舞台/大汗淋漓/操纵着木偶/自己仿佛最终也变成了木偶/如梦般地描写舞台

中日两国的绘画同而不同，中国人崇尚浑厚华滋，日本人喜欢空灵秀丽，这是两种不同的审美境界，背后有不同的地理文化风土的依据。

然而我与今冈琴子的交流，并非总是畅通的。有一次我将中国绘画大师黄宾虹的山水画册推荐给今冈琴子，她粗略一翻就放下，显得毫无兴趣，这使我很失落。后来我觉悟到：中日两国的绘画同而不同，中国人崇尚浑厚华滋，日本人喜欢空灵秀丽，这是两种不同的审美境界，背后有不同的地理文化风土的依据。日本是岛国，典型的海洋性气候，由此孕育空灵洗练的艺术世界，中国是幅员辽阔、包罗万象的大陆，文化主流推崇厚重博大，不排斥空灵秀美，在此基础上形成了浑厚华滋的美学。对于这种浑厚华滋，日本人不大容易理解，而对于空

作者与今冈琴子及其弟子的合影。
摄于东京某画廊，右一为今冈琴子。

灵秀美，则心领神会，推崇不已。

这种审美趣味的差异性，随着时间的推移越来越明显。其中令我印象颇深的，是那一次应今冈琴子的请求，我给“紫水会”年度画展当评委。那次画展在东京车站的地下通道举办，通道就是展厅，行人都是观众，两旁的橱窗里陈列着“紫水会”成员的作品，真是一个经济实惠、别出心裁的画展。上午十点我赶到那儿时，今冈琴子与她的弟子们已在恭候，我发现评委只有我一个，而且事先今冈琴子也没有就评奖的事与我作过任何沟通或者暗示，顿时觉得朋友的信任与压力。我将作品认真看了一遍，然后当众选出前五名。今冈琴子送了我五千日圆评审费，就让我走了。后来我才知道，我的评判给今冈琴子造成不小的麻烦，因为我按自己的审美标准评出的结果，与今冈琴子及弟子们的期待有很大出入，造成了前所未有的混乱。不知道今冈琴子后来是怎样向弟子作解释的。这件事情一直令我感到内疚。

类似审美错位的情形，十年后以另一种方式重演。这一次是我领着今冈琴子和她的弟子在北京采风。京城的胡同及名胜古迹深深地吸引了日本画家，但我发现，那些很容易打动中国画家的景观却不能引起她们的共鸣。记得在什刹海前海，我特意把她们引到一个我看来最理想的写生场所，前有垂柳，中有湖景，远处有钟楼、鼓楼，是一个有视觉深度的全景山水空间。不料随着今冈琴子一声令下，弟子们四处散开，各自寻找写生的目标，有的画大杂院的门洞，有的画停在路边的旧三轮板车，有的画古旧的老房子，还有的画屋檐底下的一只铁狮子，仔细一看，狮子怀里还有一只幼狮子！今冈琴子呢，则画起闲聊的三轮车夫。

东瀛艺术家小处着眼、重视细部的艺术感觉与京城宏伟壮丽的宫殿建筑，恐怕有相当的距离吧，在去天坛的路上，我曾这样担心。到了那里后，我发现这种担心是多余的。她们依然是我行我素，跟着自己的感觉走，专心孜孜地画一个屋檐，一个门洞，甚至一个灯笼。

登上景山公园的顶峰，已是黄昏时分，壮丽的紫禁城尽收眼底，今冈琴子一行为眼前的景观所感动，发出一片由衷的赞叹。然而，烟雾朦胧中的异国京城，激活的却是东瀛本土的记忆：“真美呀，这不是东山魁夷的世界吗？”“平山郁夫的世界！”令我不胜感叹。

今冈琴子是“紫水会”的主宰，教授水墨画重视写生，强调个性，尊重弟子自己的选择，然而教出来的学生往往还是她的翻版，只是逊色一些而已。个中原因或许很简单：有一样东西是不需要教的，那就是艺术感觉，东瀛的自然文化风土奠定了日本画家的感觉，其长处与短处，都包括在其中。

回国后不久，今冈琴子给我寄来了一张水墨画的照片，画的是北京的三轮车夫，从技术上看，似乎无懈可击，就是缺少神韵，比起她的木偶人物画来无疑大大逊色。这也是无可奈何的事。

写于2011年3月

3. 等待上帝

佐佐木的画廊终于倒闭了！

知道这个消息时，我已回到中国。信是佐佐木太太写的，很简短：画廊已经结束，佐佐木身体还好，请李君放心。我注意到，发信的地址变了，由原先离东京市中心新宿不远的三鹰市的一个独立的门户，变成十公里以外国分寺市的一个普通公寓宿舍。

我心里一阵隐隐的痛，眼前浮出佐佐木慈祥苍白、老态龙钟的脸，还有三鹰市那栋古朴静谧的房子，那是佐佐木亲手设计的作品，凝聚了他全部的心血。现在，它已经不属于佐佐木，成为佐佐木画廊巨额负债的抵偿品。

那栋房子给我留下深刻的印象。每年正月，佐佐木都会请我去做客，喝屠苏酒。留日四年，新年请我到家里做客的只有佐佐木一个人。在我认识的日本人中，他最不像日本人。

我与佐佐木萍水相逢。那是1989年冬天的一个下午。其时我到东京不满一年，上午在涩谷东急百货店擦电梯，晚上在市谷一家电子公司开吸尘器，因为住得偏远，中午赶回去休息的话时间太紧张并且很不经济，下午这段时间就变得十分漫长。新宿就在涉谷与市谷之间，为东京的繁华之地，有不少书店、画廊，还有景色秀丽的中央公园，成为我消磨时光的地方。那天下午，我信步逛到西新宿高楼区的地下商店街，看见一家画廊，外观设计有品位，进去一看，里头冷冷清清，只有莫扎特的音乐在寂寞地鸣响，墙上挂的画，既不是名家的作品，也不是时下流行的丝网印版画，但是很不错，尤其一位名叫深泽红子的女画家的作品，充满诗意的激情与魅力，给我留下深刻印象。看看价钱，都在十几万至几十万日圆之间，比起日本名画家天文数字的画价，真是太便宜了。我心想：在新宿这种繁华之地、租金不便宜的地方开画廊，经营这种不畅销、低价位的艺术品，倒是少见。

在我困惑之际，一位老者出现在我眼前，戴着眼镜，驼着背，态度很和蔼，甚至有点谦卑，使我一时搞不清他是何许人。也许看出了我的迟疑，他从兜里掏出一张名片，说：“我叫佐佐木……”我接过名片一看，不错，就是这儿的老板，随之产生

作者与佐佐木的合影，摄于佐佐木的画廊。

新的困惑：眼前这位老者，看上去与其说是个老板，不如说是个退休教师，或者是个学者，反正不像是个做生意的人。

我的困惑后来得到证实。佐佐木确实不是一个做生意的人。当然，他也不是什么退休教师，或者学者，而是一个虔诚的基督教徒，一位退休的建筑设计师。初次见面，一看我是个中国人，他很兴奋，热情得就像是老熟人一样，令我感到很意外，觉得他不同于别的日本人。果然，佐佐木告诉我：他从小是在中国东北度过的，生于基督教的家庭，全家信奉上帝。他还告诉我：他一家都痛恨日本军国主义，给中国人民造成巨大的灾难。直觉告诉我，佐佐木说的都是发自内心，那坚定的表情，令人感受到日本的基督徒（真正的基督徒）特有的虔诚与坚定。

从此，佐佐木的画廊成了我的歇脚点，下午那段漫长的时光开始变得短暂起来。听着莫扎特、肖邦的音乐，欣赏着墙上的画作，翻翻画册，与佐佐木一起品茗、聊天，真是神仙般的时光，两三个小时一晃就过去了。看得出，佐佐木对自己的画廊很自豪，对其中的藏品更是得意非凡。他如数家珍地向我介绍每一幅绘画，解释艺术上的妙处，还有它们的来历，尤其是对深泽红子的作品，更是崇拜到了极点，称她是“全日本第一”。这时的佐佐木眉飞色舞，陶醉于艺术的世界，让人觉得他是一个狂热的收藏家，而不是一个画商。

时间一长，我开始感到不安起来。我发现，佐佐木的画廊经常半天不见一个客人，一直冷冷清清，而佐佐木呢，不急不躁，一副神定气闲的样子，偶尔进来一个客人，也不主动接待，甚至视而不见，听凭客人走掉。

佐佐木为什么要开这样一家画廊呢？既不赚钱，又耗费时间和精力。难道仅仅是为了满足自己的爱好？这种爱好可不是闹着玩的，没有相当的经济实力是玩不起的。那么佐佐木也许是个大富翁？看上去又不像。这些疑问困扰着我，直到有一天见到佐佐木太太。

那天下午我照例去佐佐木画廊，没看见佐佐木，正在踌躇间，眼前出现一位容貌端正、风韵犹存的中年妇女，亲切地与我打招呼：“李君，我先生今天有点事情，不能来上班，我来代替一下。”不用说他就是佐佐木的妻子，佐佐木向我介绍过她，显然也向她谈起过我的情况。使我略感惊讶的是，她看上去要比佐佐木年轻好多，而她身上散发的气息——怎么说呢，那种糅合了基督教的慈爱与东瀛女性温柔的亲和力，更是妙不可言，我为佐佐木有一位这样妻子而庆幸。

见我一直站着，佐佐木太太赶紧说："请坐请坐，我先生说了，李君很优秀，很单纯，要我好好招待你呢。"然后给我上了茶。我一时找不到合适的话题，不知不觉漏出一句："这里真是安静。"佐佐木太太接过话茬儿说："是呀，真是太安静了。"接着又补充道："自从画廊开张，一直都是这样的。"我有些吃惊，不由问道："那是为什么呢？"

佐佐木太太绺了绺头发，平静地说："开画廊不是一件简单的事情，要经营策划，要资金投入，还要有广泛的人脉和社会关系。"见我有点茫然，她意识到了什么："噢，先生过往的事情他还没有对你说呢。去年年初，就在画廊开张的当天夜里，先生突然脑溢血，幸亏送医院抢救及时，保住了性命，恢复过来，人就变得迟钝了，右眼也看不清东西了。即便这样这也是个奇迹，这是医生说的。感谢上帝保佑。"

原来如此。佐佐木从容不迫，神定气闲的背后，竟是这样悲惨的遭遇。

佐佐木太太从抽屉里拿出一本相册，打开给我看："瞧，那就是开张时拍的照片，多热闹啊！朋友们全来了。"

我一看，果然是，画廊门口摆满了庆贺的花篮，宾客举着酒杯，合影留念，那时的佐佐木年轻力壮，容光焕发，与现在的他简直判若两人，不由使我惊叹命运的严酷：不到两年的时间，佐佐木的人生竟发生如此大的巨变，从一个生气蓬蓬的奋斗者，变成一个老态龙钟的病夫，命运真是太作弄人了！那么，佐佐木当时究竟出于什么动机开这家画廊的？我忍不住问道。

"这件事说起来话长，"佐佐木太太理了理头绪，从头道来——

佐佐木从小爱好绘画，在中国的时候就跟一个英国传教士学过素描和水彩，回国后师从一位名叫深泽红子的女画家习日本画，得到这位先生的赏识和关照。可惜他家庭经济条件不好，后来不得不放弃职业画家的梦想，改学建筑设计。大学毕业后，进了一家设计公司工作，若干年后自己创业，与朋友合伙开了一家设计事务所。这期间正是日本经济高速增长，城市化加速的时期，建筑设计这一行非常赚钱。凭着出色的工作能力与勤奋，他很快发达起来，买了地盖了房。随着日本泡沫经济的如日中天，奢侈性行业如画廊、古董店之类雨后春笋一样冒出来。对于暴富起来的日本人来说，收藏艺术品既保值，又满足虚荣心，何乐而不为？然而对于佐佐木来说，开画廊是他补偿个人梦想的一种方式，其中还有一个念头：要把自己恩师深泽红子的艺术作品推向社会、推向市场。受传统师道伦理的影响，他对恩师的感情之深，甚至超过自己的亲生父母。深泽红子是一位杰出的画家，擅长植物花卉，作品很有诗意，也很有品位，佐佐木对她崇拜得五体投地，视为日本第一。其实，像深泽红子这样的画家在日本有不少，他们的艺术虽出色，但并不为世人所知。那时的佐佐木精力充沛，自信满满，根本没想到过开一家画廊会给自己带来严重的后果。更何况，他本来就不指望开画廊赚钱，而是准备用赚来的钱养画廊，他干建筑设计赚的钱，养一间画廊绰绰有余。经过很长时间的筹划，画廊终于开张。可是天有不测风云，佐佐木因过度劳累脑溢血发作，虽然抢救过来，从此却成了一个丧失工作能力的人，建筑设计不能做了，合伙人也散了。而画廊呢，开张之后一点起色没有，零零星星卖出去一些画，还不够付房租，为了节省开支，连秘书都辞退了。就这样一直维持到现在。

听完这番叙述，我唏嘘不已，沉默了一会，又问："既然如此，为什么不关掉画廊呢？"

佐佐木太太微微叹了一口气："事情没有那么简单，当初为了开这家画廊，先生花了一大笔钱，其中大部分都是从银行贷来的，现在关掉这家画廊，等于宣布破产。"

我明白了，意识到事态的严重与尴尬。按照日本的法律，如果宣布破产，当事人必须把包括房产在内的所有个人财产都交出去，作为银行债务的抵偿，从此只能过一种低保的生活。但是，只要不宣布破产，以房产作为抵押，他就能从银行借到钱，继续经营画廊。看来佐佐木的画廊一直是负债经营，照目前的情况看，恐怕每个月的租金都是从银行借来的。然而，在没有转机的情况下，如果不关掉画廊，继续经营下去，债务就会像滚雪球一样越滚越大，最终还是无法避免宣布破产。

"唉，要是有哪家大公司来收购画廊就好了！"佐佐木太太自言自语地说。

"是呀，"我附和道，心里却很怀疑，因为佐佐木收藏的都不是名家之作。东山魁夷、平山郁夫之流，他们的作品价值连城，而佐佐木收藏的基本上都是些名不见经传的画家的作品，值不了几个钱，肯定不抵银行的借款。资本主义世界，千头万绪，归根结底就是一句话：唯利是图，没人肯做赔本的买卖——这些话我自然不便出口。

也许意识到空气的沉闷，佐佐木太太突然中止这个话题："对不起，对不起，说了那么多无聊的事情，让李君感到不安了。来，我们一起喝茶吧！"

不久我辞了涩谷、市谷两个地方清扫工的活，进东京大学忙学问上的事情，去佐佐木画廊的机会少了。偶尔去看他，每次都是一样，佐佐木依然孤身一人，神定气闲，守护着他的艺术品，在莫扎特、肖邦的音乐中流连忘返，仿佛在等待着什么。

后来中央美术学院一位负责创收的朋友带着一批现代中国画新秀之作，在日本群马县的一个温泉度假村开展销会，收获甚微。听说我在东京熟悉画廊的情况，专程赶了过来。我带他去了银座，走访了多家画廊，均遭婉拒，理由各式各样，其实只有一条：对中国画不感兴趣。战后的日本全盘美化，对中国现代绘画艺术并不放在眼里。朋友签证期满，必须回国，便将这批画存放我处，全权委托我在日本展销。这时我想起了佐佐木的画廊，心想：与其不见天日地压在手里，不如放到佐佐木画廊寄售，兴许能卖掉一两张。

新宿西区中央公园里，高楼林立、财团聚集，象征着日本雄厚的经济实力。然而也有人在那里受煎熬，比如佐佐木。

我带着画作来到佐佐木画廊。见到这批画，佐佐木混沌的目光放出光芒，一张张仔细看起来，看完后，主动提议："开个展览吧！"我一愣，没想到佐佐木有这个打算，可开展览是有风险的，印请柬、宣传品，还有配画框，都得花钱，这笔钱谁来出呢？再说要是画卖不掉，就会血本无归。这个损失谁承担？我沉默了。

佐佐木似乎看出我的心思，说："资金你不用担心，我来想办法，但是展览会的事情务必请李君帮忙。"

我心动了，这么一个现成的机会，为什么不利用？可是看看佐佐木画廊目前清冷惨淡的样子，心里又打退堂鼓，画展要是失败了，对佐佐木岂不是雪上加霜？便如实相告。没想到佐佐木说："画展成功不成功，开了才知道。"我干脆把话说个透："如果开了展览，画一张卖不出去，怎么办？"

佐佐木沉默了片刻，说："那就是运气的问题了，谁也没办法。不过，还是应当试一试。"

看佐佐木的态度如此坚决，我也就同意了。现在回想起来，这一举动未尝不包藏私心，因为凭预感，我知道这个展览一定是赔本的买卖，而受损失的是佐佐木。明知如此却同意办，真是有点不厚道。我对不起佐佐木先生。

画展筹办期间，我成了佐佐木画廊的帮手，配画框，印请帖、宣传品，跑腿的事情我全包了。为了这个展览，我绞尽脑汁，时值中日邦交正常化二十周年即将来临，我以此作为宣传的话题，还拿着宣传品到地铁口散发，令佐佐木赞许不已。经过一段时间的筹备，《中国现代绘画名作展》在佐佐木画廊开幕。

后来才知道，这点小打小闹的宣传，根本起不了什么作用。开幕的那天，陆陆续续来了一些客人，总共加起来不过二三十人，都是过去的客户，有些还是佐佐木的老朋友，寒暄一番，看两眼画，吃几块小点心，就散了。看得出他们对现代中国画确实没有什么兴趣，不要说掏腰包买了。从第二天开始，画廊就恢复了往日的冷清，只剩下我与佐佐木两人面面相觑，一筹莫展。

出乎我意料的是，这次展览最后还是卖掉了两张画，给佐佐木挽回一些面子。后来才知道，买主是佐佐木的老朋友，带有友情义买的成分。

过几天佐佐木叫我去结账，将卖画所得给了我，薄薄的一叠日圆，令我感到异常的沉重。我私下一算：两张画卖了五十万日圆，对半分成二十五万；佐佐木为这个展览预先投了四十多万，扣除二十五万，还赔进去近二十万，更何况，买主还是他的朋友，也就是说，他还欠下人家一笔人情债。望着忠厚善良的佐佐木先生，我感到非常内疚，于是擅自作出一个决定：留下一幅作品送给佐佐木作为补偿。我把这个意思跟佐佐木说了，老人脸上荡起笑容，连声说不好意思。我让他挑一幅他最喜欢的画，他选了一幅水墨小品《神农架晴雪》，佐佐木真是一位君子！从此，这幅画一直挂在画廊醒目的位置，天天与他相伴。

画展结束之后，佐佐木带我去了三越百货店艺术部，找他过去的熟人，商谈举办《中国现代绘画名作展》。此举令我十分感动，佐佐木的助人为乐精神，他对我的歉意（其实根本不必），体现了一个基督徒的精神品格。然而，连我这个外人都看得出，人家根本没拿佐佐木当回事儿，完全是在敷衍，一杯清茶就将我们打发，留下的照片资料，如石沉大海。

后来我不常去佐佐木的画廊了。每当看见他老态龙钟的孤独身影，我心里就隐隐作痛。我，一个异国的穷留学生，是没有任何能力帮助他摆脱困境的，而且据我的观察，几乎没有人对他施以援手，看到竹内对佐佐木那样的不屑一顾，只好作罢。平心而论，他对佐佐木的态度很正常，换别的日本人也是如此，让我领教了这个人情丰沛、礼仪周全的岛国冷酷无情的另一面。

甚至还有幸灾乐祸的。记得那一次我带我的保证人竹内去佐佐木画廊，他是东京一家证券交易所的投资顾问，在目黑还有一家古董铺子，颇有点经济实力。竹内老辣的眼光将画廊扫了一圈，就没了兴趣。后来对我说：佐佐木开画廊完全是自讨苦吃，全东京的画廊都在赚钱时，他却在赔钱，还是趁早关门的好。原来我是想介绍他们认识的，看到竹内对佐佐木那样的不屑一顾，只好作罢。平心而论，他对佐佐木的态度很正常，换别的日本人也是如此，让我领教了这个人情丰沛、礼仪周全的岛国冷酷无情的另一面。

到1992年底，我终于厌倦了漂泊的东瀛生活，决定打道回府。回国前，我特地去佐佐木画廊告辞，发现佐佐木依然神定气闲，只是显得更苍老了，背也更驼了。陪伴他的，依旧是莫扎特的音乐和满屋子的绘画，包括水墨小品《神农架晴雪》。我告诉佐佐木过几天我就要回国了，他点点头，说：还是回去的好，然而拿出两盒菊正宗清酒，要我带回去。那个下午我们默默地枯坐了很长时间，我预感到佐佐木在这儿不会坐很久了，这家画廊很快就会从人世中消失。分手时天色已黑，佐佐木在胸前划着十字，真诚地祝福道：上帝保佑你！

我后来悟出：佐佐木画廊能够维持那么长时间，与他的基督教信念，与他的艺术理想以及与他对家园的拼死呵护，都有关系。他一直都在等待奇迹的出现，坚信上帝的神力，虽然奇迹一直没有出现。他与他收藏的艺术品朝夕相处，生命已经融为一体，如果画廊倒闭，意味着这些艺术品的失散，当然是他无法接受的。还有就是佐佐木在三鹰市的那个家，那栋他自己亲自设计的小楼，是他一家人的栖息处，也是他安身立命的最后根基，甚至可以用它作抵押使画廊进而使自己的一家苟延残喘。然而一切都抵挡不住命运之手的出击，当佐佐木滚雪球般的巨额债款接近他的房产价值时，他的末日也就到来。

佐佐木的家园我曾应邀造访过三次，每次都在新年时节。那是一个带庭院的二层小楼，舒适、美丽而温馨，屠苏酒每次都把我喝得醉醺醺，好不自在，还有放在漆盒里的精美如画的寿司，让我品尝个够。这一家人让我感受到了家庭的温暖，那是留日四年中少有的温暖。现在，这个温暖的载体将随着佐佐木一家离去而消失，怎能不让我感到惆怅！

佐佐木确实犯了一个大错误，不知深浅地开了一家画廊，从此陷入无底的深渊。假如不开这家画廊，佐佐木也许不会脑溢血（即使脑溢血也不至于导致如此严重的后果），一家人可以平平安安地过日子。然而即便这样，我依然认为佐佐木是一个幸福的人，上帝虽然没有显灵，却赐予他一位相濡以沫、天使般的太太。他们同是上帝的儿女，天国的抚慰足以战胜一切世俗的烦恼与痛苦。而最令我惦记的，是佐佐木画廊的那批作品，不知道流落何处。它们的离散，对于佐佐木来说是一件残酷的事。或许那幅水墨小品《神农架晴雪》，如今正挂在佐佐木狭窄的公寓房间里，给他带来些许温馨的回忆？但愿如此。

写于1993年，2011年改定

4. 日本叛徒高桥敷

上世纪七八十年代，是日本社会的黄金时代，知识界忙于解释战后废墟之上的经济奇迹之奥妙，沉浸在“日本文化优越”的自我赞美中。然而，一本抨击日本人劣根性的小册子——《丑陋的日本人》却于此时问世，作者高桥敷，是一位地球物理学家。此书1970年首次出版时，曾在日本社会激起轩然大波，作者为此付出了沉重代价，不仅书被禁，还丢了日本驻阿根廷大使的官职。1985年后此书重版，作者在再版序言中这样慨叹：批评日本人在当时是个禁区，在“身为日本人，却说日本人坏话”、“混蛋”之类的打扰与威胁之下，他不得不屡次躲藏起来，而且15年后，依然是一片批判声。

与此形成某种默契的是，时过境迁，此书已被日本人忘得一干二净。前不久，笔者就此书在东瀛传播的情况求教在日本共同社工作的老朋友盐泽英一先生，回答很令我吃惊：他不但没有读过这本书，而且不知道有这本书。这位朋友是共同社的资深记者，见闻广博，他对此书的陌生很能说明问题。出于慎重，笔者又向一位在本人就职的中国社会科学院文学所访学的日本明治大学的教授求教，结果也是一样。

然而，这本在日本极不受欢迎的《丑陋的日本人》，在中国却是相当走红，重版一年之后，中国大陆即有三家出版社（它们是工人出版社、作家出版社和广州文化出版社）相继翻译出版这本书，发行总量达到四五十万册。前不久柏杨辞世，迎来《丑陋的中国人》重发的热潮，作为连锁反应《丑陋的日本人》再一次成为话题。这种“墙内开花墙外香”的情形很是耐人寻味。

关于《丑陋的日本人》的写作动机，作者在前言里交代得很清楚：在长达十余年旅居南美诸国的科研和教学生涯中，在类似“地球村”的国际化的生活环境中，通过对“蜗居一隅的日本人对事物的看法和想法弊端”的不断反省，他由一个日本主义者变成一个世界主义者，终于发现：“日本人憧憬的，却是外国人所不屑一顾的；而日本人回避的，却是外国人所刻意追求的。我们同他们之间的精神生活之间，有着莫大的分歧。而我认为，其主要部分，是由日本人‘人的意识’落后造成的。”作者进而认为："明治维新百年后的日本，必须再进行一次'发现人'的维新。"正是在这样指导思想之下，作者现身说法，主要以海外日本人为考察对象，对日本人的种种"丑陋"予以揭发，如狭隘的爱国心，等级观念，工作狂，死要面子，官本位、自私、虚伪、冷漠……在作者看来，这五花八门的丑陋表现发自同一种精神疾病，即人的意识的落后。

这本书对于我们认识日本人精神世界的负面无疑有相当的参考价值，作为一个日本人，能够突破根深蒂固的岛国意识，对本民族的劣根性作如此彻底、毫无保留的揭露，也很令人钦佩的。问题在于，作者做这一切的时候，是站在绝对的世界主义立场，此时的日本，实际上被置于与"世界"对立的位置，前者丑陋，后者完美，泾渭分明。由这种思维方式刻画出来的日本人，是扁平的、单一的，剪影式的，日本人性格特有的二重性，比如虚骄表象之下根深蒂固的忧患意识，死要面子中的自我超越动力，等级观念中的"各安其分"的集团凝聚力，无形中也被遮蔽。

从"人的意识"的角度反思日本人的劣根性，可谓高屋建瓴，日本人在这方面确实存在着深刻的问题，然而，这并不能成为日本人事事皆非的根据。由于绝对的世界主义立场和思维方式（这个“世界”，其实就是西方，《丑陋的日本人》展开的背景虽然不是欧美典型的西方社会，而是南美的“第三世界”，其精神资源无一不是来自西方的人本主义、启蒙主义），作者处处以西方的人性尺度衡量日本，日本不能不黯然失色，“丑陋”俯拾皆是，南美则成了一个无可挑剔的人间乐园，甚至连那里的无赖都没有“丢面子”的自卑感，连小偷都有生活情趣，狂欢节时分加入翩翩起舞的行列而不屑于作案犯罪。书中这样比较：“外国人的眼泪是夸耀人性的眼泪，日本人的眼泪则是舍弃人性的眼泪”；“世界上的其他语言，都是表明意志的手段，唯有日语是掩盖意志的手段”；甚至连日本人的勤劳敬业、克己奉公，都成为有违人性的证据，成为《圣经》启示下南美人幸福和谐生活的反面陪衬。事情到了这个地步，日本似乎无药可救。

作者这么做，无疑是恨铁不成钢，想给日本人的虚骄之气泼点冷水。然而矫枉过正，反而掉入“日本劣等”的陷阱。黑格尔早就说过，“凡是存在的就是合理的”，这意味着任何事物都有两面性，必须整体地、辩证地加以把握。落实到文化比较上，就是以客观冷静之眼，审视各民族文化的差异性，既要看到时代的落差，又要看到种族地域环境的不同，尤其是后者，涉及文化类型的差异性，更需作细心的体察和梳理，方能达到“理解的批判”。以此衡量《丑陋的日本人》，其不足是明显的。由于思维方式的绝对化和价值认同上的一面倒，难免顾此失彼，时代的差异与文化类型的差异被混为一谈，复杂的问题因此而被简单化。比如在书的“结语”里作者试图对日本人“丑陋”的根源给出一个说法，其中这样写道——

德川幕府三百年的锁国时期自当别论，日本二千年的历史完全是聚精会神地吸取外来文明的历史。祖先们背负着落后于世界文明的沉重包袱而开始的呕心沥血的努力，才是日本民族真正的历史。

可是，在漫长的而激荡的岁月里，犹如目标前置、却未察觉身体欠佳的长跑者，恰似与世隔绝、过着音调乏味的书斋生活的少年，忘记了人世最重要的“某种东西”。

这种失掉“某种东西”的缺陷，在电视日益普及、大学愈发增多、日本在形式上已跃居世界强国之林的今天，终于完全暴露出来。

这就是“人的意识的落后”和“民族性格的

偏颇”。

这个解释显得很勉强，而且自相矛盾，将日本人的“丑陋”，归结为忘记了“某种最重要的东西”，等于什么也没有说，绕了半天，还是“人的意识的落后”，此时作者陷入了自我循环的思维怪圈。在这一点上，《丑陋的日本人》比起《丑陋的中国人》要大大逊色，至少在学理上，柏杨深刻地揭示了中国人丑陋的原因——酱缸文化，而高桥笔下日本人的丑陋只是现象的展示，没有来龙去脉，似乎是由某种宿命性的“东西”操控的，这显然是一种非历史的思考问题方式。将日本人的丑陋笼统地归结为“人的意识落后”，而不对它的历史文化根源给以具体的解答，其实是没有意义的。众所周知，东西方的人性意识存在深刻的差异性，前者来自人与自然关系，后者来自人与上帝的关系，假如对这种差异性没有恰当的认识，仅凭借西方的价值尺度，对日本作生硬的裁剪和臧否，势必眉毛胡子一把抓，陷于大而化之的空论。

《丑陋的日本人》在中国有众多的译本，这是其中之一。

高桥敷以日本人无法接受的方式写了《丑陋的日本人》，为此付出惨重的代价。了解日本的人知道，在这个地理封闭、风土动荡、生态环境脆弱的岛国上，任何具有离心作用的言行都是不受欢迎的，日本人可以接受种种耸人听闻“日本沉没”的警报，可以欢迎无伤大雅的另类（如寅次郎之类的江湖浪人），却不能容忍那种颠覆性的自我批判，因为它会对大和民族的凝聚力，“以和为贵”的集团性构成威胁。另外值得补充的是，《丑陋的日本人》问世和再版时，与当时日本的文化形势已有很大的错位，正如一位日本学者指出那样，随着日本工业化发达，经济成长，社会发展，日本文化论也发生了阶段性的变化，从1964年到1983年的二十年间，日本的成功反映在文化论上，就是盛行对日本文化的特殊性的肯定与赞美上。这期间，日本出版了上百种自赞自夸的日本文化论著。在这种背景下，《丑陋的日本人》显得极不合时宜，先是受到封杀，进而被遗忘，都是很正常的。

冷静地看，“丑陋的×国人”，本来就是一种极端性的、非理性的批判方式，有将一个民族的性格宿命化、定型化的危险。从积极的意义上看，它可以当做治病的药石；从消极的意义上看，它容易助长文化自虐的心理，含有破坏性的能量。这一点上，日本人表现得相当明智，他们从不认同那种颠覆性的自我精神批判。比较一下中日两国各自的文化论就可发现，前者重“破”，后者重“立”，背后各有复杂的历史与现实的背景。日本没有中国那样悠久的历史和根深蒂固的文化积淀，可破的东西有限，可立的东西很多，而中国的刚好相反，由于因袭的传统过于沉重，到了西力东渐，生死关头的近代，终于破字当头，走上全盘西化的道路，“不破不立”从此成为一种文化信仰。因此，中国可以产生无数个高桥敷，日本却难得出一个柏杨那样的人。知道了这一点，也就不难理解中日两国对《丑陋的日本人》一热一冷的巨大反差。

《丑陋的日本人》在中国的走红并不奇怪。1970年该书问世时，正值东西冷战，中国大陆处于封闭状态，无从知晓。到上世纪80年代，情形就大不相同了，可以说这是中日两国关系有史以来最密切的时期，日本的资金、技术、电器、影视产品源源不断地引入中国，中国的留学生潮水般地涌向日本。但在当时中国人的心目中，日本究竟是一个怎样的民族，却是不甚了了。杀人不眨眼的鬼子，与温文有礼的君子；唯利是图的铜臭，与爱美的优雅，奇妙地重叠在一起，令中国人感到莫名其妙。在这种背景下，《丑陋的日本人》的出现可谓恰逢

中国可以产生无数个高桥敷，日本却难得出一个柏杨那样的人。知道了这一点，也就不难理解中日两国对《丑陋的日本人》一热一冷的巨大反差。

其时，它满足了中国人了解日本的迫切需求；而更重要的是，《丑陋的日本人》的批判立场与批判方式与当时中国人对日本的认知水平非常契合，中国人对日本负面的记忆和情感通过这本书得到了证实和释放。

写于2008年

第四编
吟味东洋风情

东洋风情的核心是人情美，即纯朴自然的人情与无微不至的礼仪的完美结合，它是日本文化的一种品牌，在西化的历史潮流中经受了严峻的挑战，至今仍绵绵不绝。日本司空见惯的“混浴”、“痴汉”、“寅次郎”现象，正体现着东洋风情的深层内涵。

1. 我与榻榻米

留日四年，天天在榻榻米上过日子，习惯成自然。回国后重新安家，自己土制一方榻榻米，静居房间一角。朋友们见了，啧啧称奇，说有品位；偶尔来了日本朋友，也会发出一声惊奇的“哎——”，都愿意上去坐一坐。看得出，在异国看到日本的仿制品，即使不那么地道，他们也很高兴。

惭愧的是，我对榻榻米的喜爱，基本上是叶公好龙式的，我真正喜欢的，是榻榻米的情调与氛围，比如为了匹配那方榻榻米，我跑遍了北京的家具店，终于找到一个木制的日本式落地灯。晚上打开灯，柔和的灯光透过纸糊的木格子，映射到榻榻米上，那份优雅与温馨，就别提了。至于榻榻米的起居方式，对我来说与其说是享受，不如说是忍受。这一点比起前辈的知堂先生来就差得太远，他对榻榻米的喜爱，真是深入骨髓，从外观到功能全盘接受。记得他写过一篇《日本的衣食住》，对榻榻米作了真诚的礼赞，读了让人心动。

这架简陋的自己设计的榻榻米，曾给作者带来过短暂的兴奋与快乐。摄于刚从日本海归时。

在榻榻米上生活，必须有扎实的地坐功夫，否则就毫无意思。和式房间的高度是按地坐姿势设计的，摒弃多余的家具。这对习惯于床和桌椅的中国人来说无疑是个考验。在榻榻米上，合乎礼法的坐法有两种，一是跪坐，二是盘腿坐，无论哪一种都不容易，尤其是跪坐，我支持不了几分钟。盘腿坐略好一些，也持续不了太久。既然都不行，那就只有任性地瞎坐了，或伸直腿坐，或撑起一只腿斜坐，或抱膝状如胎儿坐，虽然没有品相，倒也自在。然而时间长了仍会觉得不舒服，总想起来走动走动。

领教了地坐的难度以后，便对日本人的双腿生出由衷的钦佩，再也不敢对他（她）们的八字罗圈腿和粗壮的萝卜腿有任何藐视。钦佩之余，也会生出同情，尤其是对美丽的东瀛女子，为她们的玉腿遭受如此残酷的扭曲而感慨，甚至觉得她们的命运不比裹小脚的中国女子好多少，同时，也理解了东瀛丽人为何钟情宽松的和服，理解了她们喜爱重重叠叠的包装。

当然，地坐功夫只是一个必要条件，要在榻榻米环境里和谐地生活，还必须具备其他的条件。假如用排除法，我觉得三种人不宜住榻榻米。

第一种是懒人。懒人不能住榻榻米。榻榻米以草席编织而成，每叠缀以花边，是一种很精致的东西。它类似中国的席铺，不同的是，席铺只是局部使用，主要夏天派用场，而且随用随收，榻榻米则不然，它是整房间铺设，一年四季全天候陈列，一目了然，要保持它的洁净，必须付出辛苦，投入大量的时间和精力，没有一点洁癖是无论如何做不到的。我的房东太太每天一起来就跪在地上擦榻榻米，从一间擦到另一间，把原本一尘不染的榻榻米擦得闪闪发亮，这已成为她生命的一部分。每当看到她辛勤劳作的背影，我就十分惭愧——为自己的懒惰。

第二是脏人。脏人也不能住榻榻米。脏人与懒人关系密切，又有差异。有的人懒，但不一定脏，比如阔少爷，懒点也没关系，反正有人侍候收拾，他照样干干净净，体体面面。如果是穷人，懒必然堕落为脏，一点办法也没有。脏是榻榻米的最大杀手，榻榻米一脏，便异化成地板，失去存在价值；反过来说，榻榻米使那种脏原形毕现，无处逃身。

榻榻米的起居方式，造就了进门脱鞋的生活习惯及其礼仪。在日本，进门脱鞋是一条不成文的生活法律，上至皇公贵族，下至平头百姓，都必须遵守。早在四百年前，葡萄牙传教士弗洛依斯在《日欧文化比较》里这样写道：“欧洲人以脱帽表示礼貌，日本人以脱鞋表示礼貌。”

然而，光是进门脱鞋还远远不够，脱了鞋以后你的袜子是否干净？脚上有无异味？才是最重要的；而袜子是否干净，又取决于鞋子是否干净。总之，这也是一个系统工程。记得那次到保证人竹内先生家做客，我脚上那双刚换洗不久的袜子，竟使主妇喷嚏连连，弄得我狼狈不堪。在她锐利的目光审视下，袜尖上的一个小洞无处遁逃，叫我无地自容。我绝不是一个邋遢鬼，在中国人里也算是个有洁癖的，但这点洁癖与日本人一比，简直可以成为笑柄。从这一点看，我也不适合榻榻米。

第三是俗人。俗人更不能住榻榻米。俗人心杂念多，不能安于榻榻米起居的清净淡泊。这里抄知堂老人一段话为证：“中国公寓住室多在方丈以上，床板桌椅箱架之外无多余地，令人感到局促，无安闲之趣。大抵中国房屋与西洋的相同都是宜于华丽而不宜于简陋，一间房子造成，还是行百里者半九十，非是有相当的器具陈设不能算完成，日本则土木功毕，铺席糊窗，即可居住，别无一点不足，而且还觉得清疏有致。”

用“清疏有致”形容榻榻米起居方式，真是再贴切不过了。遗憾的是，很多中国留学生不解此中韵味，在榻榻米上添置了床、桌子和沙发，乱哄哄地挤在一起，简直惨不忍睹。

典型的榻榻米房间除了一个茶几、几个坐垫毋需别的家具，看上去爽爽静静，令人心旷神怡。对于日本人，榻榻米是一件万能家具，睡觉时可作床，坐时可当椅，吃饭时可当桌，来客可当客厅，集多功能于一身，蕴藏无限的空间。它像一张白纸，可以按自己的意思画图画；又像中国的戏剧舞台，可以根据需要自由地变换调度空间，颇具艺术品位。遗憾的是，对这种高雅的生活艺术，我虽心向往之，却不能彻底追求。尤其到了冬天，空空荡荡的房间让人感到寂寥阴森，莫名的惆怅涌上心头，穿着厚重的衣服坐在冰冷的榻榻米上，感觉怎么也不对，榻榻米此时失去了它的亲和与舒适。这时，真想去买一个厚厚软软的沙发，往上一躺——事实上，后来我真的这么干了。真是不好意思。

以上三种人我几乎都沾边，既然如此，还装模作样地夸赞榻榻米，简直有点儿恬不知耻。令人聊以自慰的是，如今日本人也堕落了。年轻一代的日本人跪坐、盘腿坐的功夫比起前辈来已大大退化，

用“清疏有致”形容榻榻米起居方式，真是再贴切不过了。遗憾的是，很多中国留学生不解此中韵味，在榻榻米上添置了床、桌子和沙发，乱哄哄地挤在一起，简直惨不忍睹。

对家具齐全的洋式公寓表现出更大的兴趣。更有甚者，在不少“居酒屋”（日本传统小酒店）里，看似地道的榻榻米，已经暗渡陈仓：中间那部分凹下去，客人可以放下腿脚，想架二郎腿就架二郎腿，想抖动就抖动，因有桌子遮挡，外表上看不出来。这种妥协做得很巧妙，体现了日本人“和”的智慧。不过，口味纯正的老一辈人却不喜欢那种冒牌的榻榻米，也不愿去这种地方喝酒。事实上，真正有品位的“料亭”（高档日本料理店）并不搞这种妥协，依然恪守传统格局，让人们在合乎礼法的姿势中享受日本美味。当然，那里的蒲团（坐垫）比“居酒屋”里的更大，更厚，也更舒服。

时代变了，榻榻米生活样式正受到强有力的挑战。日本是个岛国，空气湿度大，地震又频繁，榻榻米式的建筑正是顺应这样一种风土条件产生的，在防震通风除湿方面具有无可替代的优越性。这就是千百年来日本民族始终恪守这种古老的居住方式的原因，也正是这种居住方式，培育了独特的榻榻米文化精神——崇尚简洁，追求天然，实用与艺术的高度统一。现代建筑业的发展，解决了防震与除湿的难题，高楼大厦拔地而起，古老的纸木建筑不再是唯一的建筑形式，榻榻米也不再是唯一的、舍此别无选择的起居方式，日本人的腿与榻榻米的那种宿命性连带关系终于被打破。

客观地看，榻榻米文化亦有它的负面。榻榻米虽然发展了日本人无与伦比的坐功，却对腿造成压迫扭曲，限制了它的多样功能。日本人向来以手巧著称，有极为发达的“手文化”，相比之下“腿文化”太不成气候。日本人在田径运动方面除了马拉松长跑（可能与身材小巧有关）以外，别无强项，跳高、跳远、短跑均无世界级强人，足球也落后于世界列强。日本的传统舞蹈，姿势虽然很优美、含蓄，却缺乏速度和变化，看久了让人觉得单调和沉闷。从人性解放的角度考虑，摆脱榻榻米对腿的压迫势在必行。更何况在如今这样一个崇拜身体、重视物质享受的时代，年轻一代的日本人怎能容忍自己的腿仍像前辈那样丑陋难看？在这种背景下，榻榻米起居方式受到冷落是很正常的。事实上，年轻一代日本人的体形比起前辈来已是极大改观，大概要归功于摆脱了榻榻米的束缚吧。

当然，事情不会那么简单。一个明显的事实是，在日本的高层公寓里，几乎家家保留着和式房间。这说明：长期养成的生活习惯决不是轻易能够放弃的；既然榻榻米产生的自然风土依然存在，日本人对榻榻米的需求也会持续下去。更重要的是，千百年来形成的审美感受方式，已经积淀在他们的潜意识里，左右着他们生活习惯，这就是日本人一定要把榻榻米房间设计进洋式公寓的理由。但年轻的日本人对榻榻米的喜爱，与前辈已经有所不同，他们喜欢的，与其说是累人的跪坐或者盘腿坐，不如说是气氛和情调。如今日本的起居方式已经多元化，上年纪老人仍喜欢跪坐或盘腿坐，在他们身上榻榻米的实用性与审美性是统一的。而对年轻一代来说，榻榻米只是一种趣味和点缀。换句话说，榻榻米的实用性与审美性已经脱节。

至于我那方土制榻榻米，坦率地说只是一个摆设，一种小资情调而已。为此我付出了很大代价。北京这地方气候干燥，风沙又大，本来就不适合榻榻米起居方式，每天一层厚厚的尘土，擦也擦不赢。后来我干脆睁一只眼闭一只眼，隔一段时间用吸尘器一吸了事。没人呵护的榻榻米很快变得又黑又旧，面目可憎，最后成了名副其实的“摆设”。后来我乔迁新居，趁此机会将它送到垃圾站，临别投去伤感的一瞥。

写于2001年

2. 太平洋岛国上的高尔夫超级大国

日本人迷恋高尔夫球。

假如乘坐飞机俯瞰东瀛，你会发现，这片狭长崎岖的土地上，星罗棋布地镶嵌着绿色的珍珠，那都是高尔夫球场。据统计，日本有高尔夫球场将近两千个。相对于日本狭窄的领土面积来说，这个数字绝对是世界之最。

在欧美，高尔夫球属于上流社会的体育活动，在日本却几乎是全民的爱好。假如问一个杂货店的老板或餐馆的厨师：这个周末玩什么？他搔搔头，略一迟疑，很有可能回答说："还是打高尔夫吧。"我见过一幅外国记者画的漫画，记录了上世纪70年代日本全民高尔夫热的情形：西服革履的公司职员夹着公文包，倒握钩形雨伞，一边等地铁一边练击球的动作；马路警察蹲着身子，撅起屁股，握着只有胡萝卜长的警棍比比划划；头戴安全帽的建筑工人，挥动着测量杆，准备来一个漂亮的长传；公园的清洁工，也握着丢弃的树枝，跃跃欲试……

资料显示：日本的高尔夫球热兴起于上世纪50年代，那时从事此项体育运动的人有50万；60年代激增到400万；十年以后又翻一倍，变成800万；此后连年攀升，突破千万，到日本泡沫经济崩溃，经济低迷的90年代，仍然保持在1300万左右，也就是说，十个日本人中有一个就在打高尔夫球。这个庞大的天文数字，足以令高尔夫球故乡的欧美人士瞠乎其后。要知道，全世界高尔夫球总人口也就是5000万，小小的日本竟然占了其中四分之一强！

日本各大城市里还有一种标志性的景观——高尔夫球练习场，差不多足球场那么大，上下四周用绿色尼龙网笼罩起来，宛如一个巨大的天网，一端是击球平台，分上下两层，平台上每隔两三米就有一个练习位置，一字型排开，长长的一眼望不到头。旅居东京时，我多次搬家，每次都与它不期而遇。在我的印象中，那里的生意一直很火爆，尤其是到了周末，天网前的停车场上，小车开来又开走，忙得不亦乐乎。我住的是老式木结构公寓，隔音较差，夜深人静时，能清楚地听到击球声。偶尔出去散步，亦能领略这样的场面：天网恢恢，疏而不漏，伴随清脆响亮的击球声，无数白色小球在网内纵横穿梭飞舞，令人眼花缭乱；绿色的场地上，铺满雪花般的小球。走近一看，只见击球台上的日本人个个撅着屁股，表情严肃地闷头击球，态度极认真。这种高尔夫球练习场日本总共有四五千个。

我曾就日本的全民高尔夫现象请教过一位日本朋友，他的回答很简单："赶时髦呗，日本人就是这个德性。"这位朋友是高尔夫球的激烈反对者。在他看来，在土地资源极为稀缺生态环境脆弱的日本兴建这种占地极奢侈的高尔夫球场是极大的犯罪；它侵占耕地，毁坏森林，破坏生态平衡。我很赞成这位朋友的环保理念，但对他的解答不敢苟同。日本人热衷于高尔夫，并非一朝一夕，如果说赶时髦，岂有一赶几十年的道理？其中必有它的别的道理。

我的顶头上司石井年近不惑，仍是光棍一人。像这样的"独身贵族"在日本有不少，已经成为一个不小的社会问题。石井既没有高学历，又没有高工资，长得也不帅，区区一家居酒屋的厨子，哪个女子看得上他？大概是光棍当久了，石井心理有点儿变态，动不动就挂起脸来不理人。在他手下打工，实在叫人别扭。不过石井的脸色偶尔也多云转晴，那多半是在他聊起高尔夫球或摆起高尔夫球姿势的时候。石井也是个高尔夫迷，经常开着二手车，同球友一起去长野县的某个高尔夫俱乐部打球，在那里度过周末。每次回来，总会意犹未尽地聊一通，还拿出照片给我看。照片上的石井，身穿漂亮的运动服，头戴小圆帽，手挥球杆，颇有几分绅士模样。同眼前这位老实巴交、整天同案板刀俎打交道，身上散发着油腥味的厨师比起来，真有云泥之别。慢慢地，我号准了这一脉，每逢石井挂起脸来的时候，我就设法同他聊高尔夫球。这一招总是很灵，我同顶头上司的交情也因此深厚起来。

有一次我问石井，高尔夫球最大的乐趣是什么，他不假思索地说："调节情绪呗。"设身处地想一想，事情确实如此。住宅狭窄的日本人，一旦从高度紧张的工作岗位上解脱出，来到风光明媚、绿草如茵的球场上挥杆击球的时候，那是一种怎样的轻松和惬意，是不难体会的。那时打球实际上已不重要，重要的是环境给人身心带来的放松和满足。从这个意义看，日本人喜欢打高尔夫球，同他们喜欢登山、郊游，参加各种户外活动等并无根本区别，更何况，高尔夫球场通常坐落在景色优美的幽静之地，与温泉相伴。打完高尔夫球，再泡温泉，品尝美酒佳肴，这是何等的人生享受！

然而高尔夫球的意义远不止于此。作为一种特殊的社交活动，它对日本社会的运作起着重要的作用，政坛的风云诡谲，商场的潮涨潮落，人际关系的离散聚合，往往通过高尔夫绿茵传递。而所有这些，都离不开一个前提：精湛的球技和对礼仪规则的稔熟。前美国驻日本商会主席马·齐默尔曼深谙此道，在《怎样与日本人做生意》一书中这样写道："日本人把打高尔夫看成一件很严肃的事情，他们很想把球击入洞中。日本的高尔夫球手总是一遍又一遍地计算距离、坡度和风向。对此，一个外国人如果表示出某种烦躁，那是不礼貌的。在打高尔夫球时讨论商业问题是一大忌，即使要谈，也得等到对方把球打进十八个洞之后才能开始，而这必须由主人首先提出。"我的友人竹内先生是东京一家证券交易所的投资顾问，为加入夏威夷一家豪华高尔夫俱乐部，花了3500万日圆入会费。我问他为什么如此破费，他告诉我：日本是一个等级森严、滴水不漏的社会，凭他的身份，平时要想接近财政两界实力人物根本不可能，而在高级的高尔夫球场上，只要球艺出众，规矩得体，就会可能结交到大人物，得到有用的信息。为此竹内先生每周都要去

作为一种特殊的社交活动，它对日本社会的运作起着重要的作用，政坛的风云诡谲，商场的潮涨潮落，人际关系的离散聚合，往往通过高尔夫绿茵传递。

高尔夫球练习场，刻苦练习击球技术，随着球技的提高，生意也越来越旺。

高尔夫球在日本尽管是舶来品，普及的程度几乎就像乒乓球在中国，证明日本的国情特别适合高尔夫球。资料记载，日本首届高尔夫业余球手的正式比赛始于1907年，职业高尔夫比赛始于1926年。到了1927年，日本举办了首届高尔夫公开赛，这个比赛后来虽因战争一度停止，战后又重新恢复，一直延续至今，是日本级别最高的比赛。1957年，在加拿大杯国际高尔夫大赛上，日本选手首次荣获团体赛冠军和个人冠军，引起了全世界的关注。这项冠军称号素来为欧洲选手垄断的贵族运动，终于在遥远的东方遇上了强劲的对手。此后随着经济腾飞，日本成为世界经济大国，高尔夫运动也随之蒸蒸日上，日本选手在国际比赛中屡屡夺魁，不仅使西方人刮目相看，也极大地刺激了日本富豪的雄心壮志。于是，一方方高尔夫绿地雨后春笋般地在日本列岛上冒出来。

日本的高尔夫球星名气之大，地位之高，钱囊之鼓，都是其他体育运动难望其项背的。日本的高尔夫赛事之多，也是其他国家少见的，每年从3月份到11月份，比赛接连不断，在全国各大赛场循环进行；

高尔夫球在日本，就像乒乓球在中国，令来自高尔夫故乡的外国记者百思不得其解，一位西方画家不无讽刺地绘下这幅漫画。

每星期天下午，有专门的电视频道作实况转播。而对优胜者的奖励之巨，令人咋舌，前三名的奖金数额，动辄以亿元计算。比如当今正走红发紫的高尔夫名将尾崎将司1994年连获七次冠军，获得奖金的数额是21546万日圆；第二、第三名选手的奖金均为一亿多日圆；甚至连获得下一年种子选手称号的最后一名选手（第62名）也能得到两千多万日圆的奖金。巨额的奖金鼓舞着运动员奋力拼搏，显赫的名声刺激着他们去摘取桂冠。电视屏幕上，报刊杂志中，地铁车厢里，高尔夫明星的头像比比皆是，他们是社会的骄子，幸福的象征，效仿的楷模。

对于一般日本民众，高尔夫球集健身、休闲、旅游、社交为一体，何乐而不为？而且此举别有一番滋味：它将在欧洲只有极少数阔佬才能享受的体育运动，变成一种人人都能介入的娱乐，这给他们带来了多么大的精神优越感。试想一想，当一个老实巴交、殊不起眼的公司社员在风景宜人的球场上，模仿着球星的动作，煞有介事地挥杆击球，在他的心底里，怎能不产生作为大和民族一员的强烈自豪感？或者说，在这种时候，他怎能不对自己的公司——家，产生由衷的感激之情？于是东瀛的高尔夫绿茵有了另一种凝聚的功能。对于这一点日本政府有足够的认识，这也就是多年来他们不顾绿色和平组织和环保人士的强烈抗议，支持默认开发高尔夫球场的原因。显然在日本的政客看来，兴建高尔夫球场，如同日本富商在国际市场上抢购世界名画和艺术瑰宝一样，是日本从经济大国迈向文化大国的必要途径。

写于1998年

3. 痴汉的乐园

日语里有一个令人发噱而且容易引起我们中国人误会的词——“痴汉”，记得第一次看见这个词，我望文生义，以为就是痴心汉（即“负心女子痴心汉”的痴心汉，颇带几分悲情），等到知道它代表流氓、色情狂、性骚扰时，不由哑然失笑。

“痴汉”在日本是一个不小的社会问题，有关它的新闻报道、诉讼频频见诸报端，名人要人因此而身败名裂、丢乌纱帽的也不鲜见。十年前，大阪府知事横山诺克就是因为对竞选班子里一位实习的女大学生实施了性骚扰，而被告上法庭，最后罚款一千一百万日圆，政治前途从此断送。每年夏天，东京各大地铁都要展开轰轰烈烈的“痴汉驱逐运动”，醒目的宣传画、义正辞严的标语到处张贴。近年来各大地铁运营公司纷纷推出女性车厢，试图以釜底抽薪的举措彻底杜绝“痴汉”的犯罪行为。

然而，日本却是一个男尊女卑、人情丰沛、两性关系宽松的国度，这从根本上决定了“痴汉”

现象在日本存在的合理性，并且暗合日本人根深蒂固的“和”的精神。女子以容貌与妩媚取悦男子，男子为女子的容貌与妩媚所迷恋，自古以来天经地义，上自贵族，下至草根，概莫能外，于是形成了“好色”的东洋美学传统。日本自古以来就有男女混浴的风俗，古典文学名著中有《好色一代男》这样夸耀男性魅力、寻花问柳的作品；渡边淳一的色情小说，更是风靡东瀛，发行量达到天文数字；日本的民艺品“天狗”，长长的鼻子就是男根的象征，可以堂而皇之地到处摆放；浮世绘对女性肉体的描绘之性感、艳美，更是无以复加。日本还有一种全世界绝无仅有、令人匪夷所思的美食——女体盛，就是以美少女的裸体为餐具，摆上各种美味海鲜，专供男性食客享用，称得上名副其实的秀色可餐！所有这一切假如没有东瀛女子的认同和配合，是不可能存在的。中国作家郭沫若在留日时代的家书中这样写道：“近日此邦樱花盛开，下流侪辈涂面插花或戴面具醉倒花丛中，翩翩趣舞，牟牟作牛鸣而歌，遗钗堕珥，男女不分也。倭奴开化年代仅自唐而还，故至今而夷风犹在。”（《樱花书简》）这是作者上世纪初的东瀛实地观察，反映了日本草根阶层自由宽松的两性关系。正是这样的文化风土，培育了日本的“痴汉”。

因为这个缘故，日本男人普遍带有“痴汉”的作风，一有机会就会流露。我的老朋友竹内先生，在我的印象中一直是一位正人君子，可有一次在百货店的自动扶梯上，竟手指前面一位体态丰满的妇女，满不在乎地对我说：“好大的屁股呀”，令我大跌眼镜，而那位女士对此也毫不在意，一点反击也没有。还有一次，是在香港艺术博物馆，碰巧遇上一个日本地方美术馆的展览举行开幕式，港方出席者中有一位年轻的女议员，人高马大，颇有姿色。剪完彩之后一行人簇拥着她参观作品，日方负责人作讲解，严肃而认真，可是到了一幅浮世绘浴女图前，他突然露出猥亵的表情，指着画对女议员说：“她很迷人吧，就跟你一样，是个大美人！”令我大吃一惊，在这样正式的国际文化交流场合，面对一位异国的女议员，这位负责人竟然开如此低级的玩笑！稍有一点知识的人都知道，浮世绘里的浴女，就是专门给男客擦胸搓背、兼作皮肉生意的江户妓女！幸亏翻译是个明白人，机智地遮掩过去，否则恐怕会引起哗然。

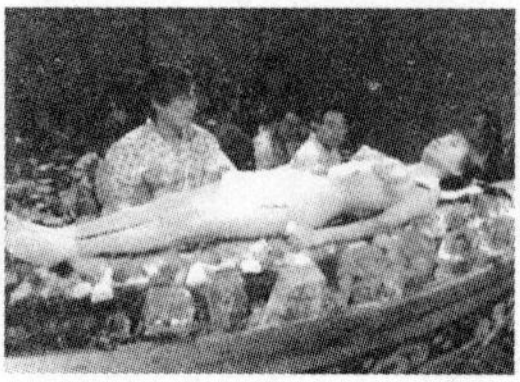

色胆包天的日本男子，若无其事地享受着“女体盛”。

竹内先生和日方负责人的行为虽然令我感到难堪，然而在他们却是极其自然的行为。并不觉得有什么不好。这就很难加以指责。对于日本人来说，属于“人情”范围内的事，只要不碍正事，都是可以理解的，也是可以接受的。东瀛岛国宽松的两性关系，正是建立在这种观念之上的。

民国初年作家不肖生写过一部大名鼎鼎的长篇小说《留东外史》，对中国留学生在日本的放荡不羁有淋漓尽致的描写，作者借笔下人物之嘴公然喊出：“日本是一个卖淫国。”今天看来：这种令人匪夷所思的表现其实正是中国封建礼教的长期压抑与东瀛人情世界的互动的结果。一部《留东外史》，实际上也就是中国浪子对东瀛女子性骚扰的历史，某种程度上也是性狂欢的历史。创造社作家张资平在一篇小说里，写一个头脑冬烘、道学气十足的老留学生到了东京以后看见别的中国同学调戏日本下女，下女一点不生气，于是也对下女动手动脚起来。后来张资平在自传里这样记录自己在电车里的“痴汉”行为：“有时拥挤的时候，常触着她们的肩部和膝部。发香和粉香真是中人欲醉。有时趁电车的振动，故意扑身前去，准备给她叱一声也愿意。然而她的回答竟是嫣然的一笑。啊！像在这样的场面之下，如何得了哟！”当时中国留学生在日本处于“弱国子民”的位置，尚且受东瀛女子如此的优待，就不用说日本男子这方面如鱼得水的处境了。

随着社会文明的进步发展，欧美女权思想的影响，“性骚扰”在日本逐渐变成一个问题，尤其是女强人的横空出世，给东瀛的好色男儿敲响了警钟。前不久一位名叫有川的东京大学教授在地铁车厢里摸一位女子胸脯时，被那位铁娘子当场擒获，因此而丢掉了教职。然而，肯与“痴汉”当场翻脸将其扭送警察，或将其告上法庭使其身败名裂的日本女子毕竟只是极个别。据统计，东京每年发生两千余起性骚扰案件，听起来是一个不小的数字，但相对于实际发生的性骚扰行为，这只是沧海一粟。东京每天的地铁客流量近八百万人次，男性占一半，假设一百个日本男子中有一个“痴汉”（这应当是一个比较保守的估计），那么每天就有四万名“痴汉”在作案，而实际被抓获的，每天平均只有五六名左右，也就是七千分之一而已。这意味着绝大部分女子对“痴汉”采取了隐忍的态度，其中也有极个别性心理变态的日本女性，在极度拥挤的地铁车厢里追求刺激，享受“痴汉”的性骚扰。当然这已是另外一回事。

“痴汉”现象涉及人性的根本问题——色欲，

背后是荷尔蒙在操纵，谁也奈何不得。在某些特殊的男女混杂的场合（如泳池、高峰时段的地铁车厢），男人一不小心，就可能变成性骚扰者。因此而受到惩罚，葬送前程，是一件可惜的事。在我看来，要想彻底杜绝“痴汉”的性骚扰，只有一个办法，就是回到古代中国“男女授受不亲”的传统。可是这样一来，人性就会受到压抑，道德就会虚伪，人的内分泌可能发生紊乱。从这个角度看，东瀛女子对“痴汉”的宽容是符合人性的。

写于2007年

4. 混浴古风今何在

站在外国人的立场看日本，日本的文化习俗中有许多匪夷所思的东西，比如艺妓、相扑、切腹，混浴亦是其中之一。

原汤原汁的混浴在日本尽管已成为历史陈迹，其风流遗韵，却是绵绵不绝，近来似乎又有复兴的势头，全国各地的旅游胜地、娱乐中心竞相打出招牌，混浴爱好者们成立了“保卫混浴会”，会员多达万人。这表明，一种根深蒂固的民族文化心性是不会轻易改变的，总会与时俱进，变着不同的方法表现出来。

据日本的混浴专家考证：早在两千多年前，日本人就开始男女混浴，那时日本遍地都是温泉，为混浴创造了便利的条件。这个发现其实并没有什么意义。试想两千多年前，日本尚处原始社会，人没有羞耻感，男女混浴是很正常的。值得注意的是，进入农业文明社会后，在很长的时间里，日本依然保持这种原始的风尚。16世纪葡萄牙传教士弗洛依斯在《日欧比较文化》一书里这样写道："我们欧洲人在室内洗澡，避开别人。在日本，男男女女，连和尚都在公共浴场洗澡，还有，晚上在门口洗澡。"同时期朝鲜通信使黄慎在《日本往还日记》中也记述："俗尚沐浴，虽隆冬不废。每于市街设为浴室，以收其直。男女混处，露体相狎而不相羞愧。"

然而到了江户时代中期，事情有了变化。由于混浴带来副产品——性病泛滥及社会风气的败坏，加上儒家严正的理学此时已成为治国安邦的官方意识形态，幕府当局发出混浴禁止令，公共澡堂从此开始实行男女分浴，之后禁令屡屡不断，其情形，正如江户文人寺门静轩在《江户繁昌记》（1834年）中记载的那样："混堂或谓汤屋，或呼风吕屋。堂之广狭盖无常格，分画一堂作两浴场，以别男女，户各一。"文中最后提到的澡堂规则中有一条就是："男女混浴之禁，最宜严守。"然而，根深蒂固的习俗决不是一纸禁令能够轻易消除的，更何况，这种"分画一堂作两浴场，以别男女"的格局依然带着明显的"混"的遗迹。正如上文接着写到的那样："当两户间作一坐处，形如床而高，左右可下，监此而收钱戒事者谓之番头。”这就是说，更衣室的上部是相通的，隔眼不隔耳，“番头”（澡堂主人）坐在高高的床座上，两面把门，雄视阴阳两半的世界；而且，浴池也是明分暗连，中间仅隔一层薄薄的木板，水下是相通的。在这种暧昧不清的空间里，能否真的保证“男女有别”，是值得怀疑的。而最主要的是，幕府的混浴禁止令仅限于公共澡堂，除此以外的地方，如温泉旅馆，却听之任之，这等于形同虚设。

混浴真正受到重创，是到了明治维新时期。1853、1854年美国远东舰队司令佩里两度率“黑船”闯进东京湾，敲开了日本国门，目睹当地男女赤身裸体、满不在乎地混浴，很是鄙夷，认为：“这个城市居民的道德心颇值得怀疑。”还让随军记者画下了温泉浴场男女混浴的场面。这番东洋景若干年后通过他的《日本远征记》向全世界曝光，使日本人蒙受耻辱。明治维新在输入西方的坚船利炮、科学技术的同时，也带来了西方人的两性道德和廉耻观念。日本人要脱亚入欧，与碧目隆准的欧洲人平起平坐，生活方式上岂能不接轨？那时日本人穿西服，喝咖啡，跳华尔兹，说鸟语，样样模仿欧洲人，洗澡当然不能例外。明治五年，东京府

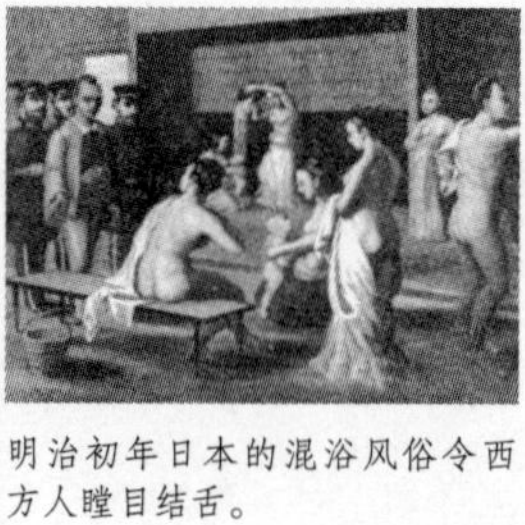

明治初年日本的混浴风俗令西方人瞠目结舌。

这幅浮世绘描绘江户时代的
公共澡堂，混浴古风历历可辨。

颁布了风俗禁止令，其中一条就是“禁止男女混浴”，这说明至少在日本的上层社会或知识界，人们接受了混浴耻辱的观念。然而对日本的草根社会，这一纸禁令究竟有多大作用，依然很值得疑问。中国历史上第一位知日家黄遵宪时任驻日参赞，其《日本杂事诗》里有一首就是写混浴的：“兰汤暖雾郁迷离，背面罗衫乍解时，一水盈盈曾不隔，未消金饼亦偷窥。”还意犹未尽地写下注：“喜浴，浴池最多。男女亦许同浴，近有禁令，然积习难改。相去仅咫尺，司空见惯，浑无愧色。”此诗及注后来引起亲日的日本通周作人不满，认为诗是“想象的香艳之作”，艺术品位不高，注亦有眉毛胡子一把抓之嫌。将日本的混堂与温泉旅馆混为一谈，虽有点迂宽，倒也符合事实。明治政府的外来的先进性与土著的野蛮性微妙地共存，并行不悖，男女混浴这种人类的原始遗风能在日本长期保持并屡禁不止，与此有关。

混浴禁止令，仍是针对公共澡堂，对温泉旅馆依然网开一面。因为差不多同时，文人骚客王韬游历日本，就体验过温泉混浴，还在《扶桑游记》中这样写道：“往浴于温泉，一室中方池如鉴，纵横约二丈许，男女并裸体而入，真如入无遮大会中。”这表明：男女混浴并没有随着日本“脱亚入欧”而自动退出历史舞台。

作为日本文化的崇拜者，周作人曾这样为日本的混浴辩护：“日本人对于裸体的观念本来是近于健全的，前后受了中国与西洋的影响，略见歪曲，于德川中期及明治初的禁令可见，不过他比在儒教和基督教的本国究竟也还好些。”这是从人性解放的角度，在理想的层次上对日本男女混浴的肯定，带有乌托邦的色彩。在野蛮时代，灵肉混沌，人没有羞耻感，视混浴为当然；进入文明阶段后，灵肉分离，人产生了羞耻感，视混浴为陋习而禁止；到了文明的高级阶段，人们意识到灵肉分裂的虚伪性，试图回归“天人合一”的状态，重新发现了混浴的美妙，这是一个否定之否定、螺旋型上升的历史过程。具体到日本，情况还不是这样。日本原本是土著的岛国，文明起步较晚，善于吸收，外来的先进性与土著的野蛮性微妙地共存，并行不悖，男女混浴这种人类的原始遗风能在日本长期保持并屡禁不止，与此有关。周作人将它拔高到理想的境地，与西方浪漫主义思潮的刺激、中国儒家道学的压抑，还有个人的趣味爱好，都有关系。

与原始风情十足的东瀛“浴文化”相比，中国不能不显得太道学。尽管早在唐代，长安就有据说能容纳千人的大浴场，有大名鼎鼎的华清池，还有贵妃入浴的迷人传说，受地理气候风土及儒家文化思想的影响，尤其是后来受“存天理，灭人欲”的宋明理学的钳制，中国的“浴文化”始终没有发达起来。在“万恶以淫为首”、“男女授受不亲”观念潜移默化之下，女子变成贞妇烈女，男子成为虚伪的道学家。这从中国人的服饰样式亦可看出：古代中国人宽袖褒衣，将身体捂得严严实实，除了脸和手，其他部位不得裸露，严格的程度仅次于禁欲的阿拉伯人，显然与“男女大防”的两性伦理有关。

如此的中国人到了西风东渐、留学狂潮兴起的时代来到东瀛，受到震撼，陷于尴尬的境地，是极其自然的。1906年秋，初到日本的周作人怀着兴奋的心情，跟着鲁迅来到东京本乡汤岛二丁目的伏见馆，应声出迎的，是一位名叫乾荣子的日本少女，仅一瞥，就让他受不了：他看到了一双美丽的裸足！这双裸足在清爽的草席上轻盈地跳跃、闪动，使他陷于兴奋与迷乱。周作人后来成为日本文化的俘虏，成为东瀛“人情美”不遗余力的赞美者，极具象征性地包含在这最初的一瞥中。相比之下，郁达夫的遭遇更是令人慨叹，他的留日写作无不涉及“性苦闷”，起因多半与日本人的“混浴”习俗有关。郁达夫将这种苦闷无条件地归结于“弱国子民”的身份，背后其实还有更深刻的中日两性观念的错位。时过境迁，我们可以看得较清楚：是根深蒂固的封建道学与早熟的现代两性解放思想在内心的剧烈冲突，产生了畸形的“性苦闷”，使郁达夫无法以正常的眼光看待日本女子的裸体，因此而备受煎熬。其情形正如小说《空虚》里描写的那样：中国学子在汤山温泉旅馆度假，当夜风雨大作，雷电交加，同旅馆一妙龄少女因害怕而闯进他的房间，要求与他同榻而眠，把他弄得心猿意马，苦闷不堪。风雨停住后少女回自己房间，中国学子立刻躺到少女刚睡过的地方，自我陶醉起来。第二天早上，中国学子去温泉洗浴，正回味昨夜发生的事，突然听见一声娇脆的问候——

“你今天好么！昨天可对你不起了，闹了你一夜。”

质夫仰转头来一看，只见她那纤细的肉体，丝缕不挂，只两手捏了一块手巾，盖在那里；她那形体，同昨天他脑里描写过的竟无半点的出入。他看了一眼，涨红了脸，好像犯了什么罪似的，就马上朝转了头，一面对她说：

“你也醒了么？你今天觉得疲倦不疲倦？”

她一步一步的浸入温泉水里，走近他的身边来，他想不看她，但是怎么也不能不看。他同饥狼见了肥羊一样，饱看了一阵她的腰部以上的曲线，渐渐的他觉得他的下部起起作用来了。在温泉里浸了许久，她总不走出水来，质夫等得急起来，就想平心静气的想想另外的事情，好教他的身体得复平时的状态，但是在这禁果的前头他的政策终不见效。不得已他直等得她回房间去之后，才走出水来。

面对天真无邪的东瀛妙龄少女美妙的裸体，中国学子饥渴难忍，饱看不止，甚至萌动了动物的本能，内心却交织着“万恶以淫为首”的恐惧，这是一种何等尴尬的状态！如果说道学的钳制使中国的男子变成“色情狂”，中国的女子则由此变成了

“性冷淡”，面对东瀛混浴风俗所表现的恐惧心理，简直达到“谈混色变”的程度。蒋碧薇是一位出身名门、得风气之先的大家闺秀，1919年不顾父母之命、媒妁之约，跟随恋人徐悲鸿私奔到日本，行为之大胆，可谓石破天惊。然而一到日本，“混浴”就给她一个下马威，晚年在自传中她这样写道——

我在生活方面最感困扰的就是洗澡，日本盛行男女同浴，大家都赤身露体地共浴一池之内，他们习惯了当然不以为奇，但在我们中国女人看来，简直是不可思议的事。我们的“下宿”里没有浴室设备，要沐浴一定要上澡堂，就是日本人叫做“风吕屋”的。在我们附近的一家“风吕屋”，总算是男女分浴，可是中间只隔一道薄薄的木板短墙，女池的隔壁就是男池。我第一次进去，一见浴室里有那么多人，吓得真想回身逃走，却是不好意思，只好硬着头皮，用最快的动作脱衣入池；殊不知又被同浴的日本女人赶出来，然后半用手势半说明，教我怎样洗东洋澡：先在池外用肥皂擦身，冲洗干净以后，再下池子去泡。我一一尊重做了，只才下水；一转眼，又看见仅在腰上系条毛巾的澡堂男工，提着水壶，登登登地在池边木板上跑来跑去，他对于浴室里的女人固然是视若无睹，但我却已羞得无地自容。从此以后，我是再也不敢去澡堂洗澡了。

时过境迁，中国社会发生了翻天覆地的变化，男女平等、妇女解放，进步得不亦乐乎，那么，根深蒂固的道学传统是否因此而消散呢？扪心自问，我还是不敢下这个结论。记得第一次去钱汤洗澡，进了更衣室面对东洋老板娘满不在乎的目光，我几经踌躇，才硬着头皮极快地除下衣裤，箭一般地飞进浴室，这与郁达夫们大概也只有五十步与一百步之差吧。前不久凤凰卫视传出报道：随着日本“混浴”的复兴，赴日旅游的中国游客纷纷前去体验，据温泉经营者反映，一些中国男子进入温泉之后，盯着日本女客不放，给人造成很大困扰，由此引起日本媒体的抨击。这表明：中国的男子至今难以坐怀不乱的心态面对东瀛的混浴。而且，不只是中国男子，中国的女子更其如此，比如有一位于女士若干年前到日本宣讲孔子，应邀到秋田县泡大名鼎鼎有四百年历史的混浴温泉——鹤之汤温泉，因走步不得法，一不小心跌倒在温泉池中，仓皇站起时，遮羞巾已掉入水中，这一下不得了，于女士抢起浴巾，飞一般地逃回，结果混浴也没混成。

一衣带水、同文同种的中日两国在混浴的问题上存在如此大的沟壑，背后自有不同的自然风土与历史文化传统的根据。与中国文化的核心是绝对的“仁”不同，日本文化的核心是“和”，一个极有弹性的概念。“和”有个两个基本意思：一是内部的团结，二是混合；通过混合达到内部的团结，应是“和”准确的定义。对于日本人来说，两性关系的融洽，同样是“和”的重要命题，混浴是其突出的表现。正如一个日本混浴专家所言，混浴的全部意义就在于混，通过混，日本形成一个阴阳互抱的世界。尽管在这个过程中，时不时出现“痴汉”（色情狂）案件煞风景，日本人却没有因噎废食，而日本女性对于“痴汉”性骚扰行为的宽容和游刃有余的应对技巧，也保证了混浴的顺利延续。换一个角度说，日本社会是一个“义理”与“人情”并存互补的世界，混浴属于“人情”的世界，只要不妨碍“义理”，就可存在下去。事实上，日本人总能恰到好处地协调两者的关系，这也是混浴得以绵绵不绝的重要原因。

回到古朴的自然，在今天已是一种超级的奢侈。那是经过人工设计的自然，犹如这幅温泉混浴照片。

然而，原汤原汁的混浴终究已是难觅，商家隆重推出的混浴更像一出闹剧，一场视觉盛宴，多了一分铜臭，少了一分清净。这是现代大众消费社会必有的现象，不足为怪。惟其如此，不少混浴爱好者避开闹市，长途跋涉到偏僻的山野。据说越是偏僻的山野温泉水质越好，只有在那里，才能真正体会“混”的舒适与自在。

写于2011年3月

5. 迷人的寅次郎神话

在世人的心目中，日本人总是与勤勉、敬业、服从、团队精神联系在一起的，有一部电影却打破了这种公式，向人们展示了一个相当另类的日本人形象。这部电影长达48集，历时28年，创造了系列电影片的吉尼斯纪录。它，就是松竹电影公司制作《寅次郎的故事》。面对这个电影史的奇迹，人们也许会问：究竟是什么，使这部电影在东瀛列岛持续28年兴盛不衰？换句话说，日本人何以会在超过四分之一世纪的时间里，乐此不疲地欣赏这部电影？

分析下来，《寅次郎的故事》具备了一切成功的要素，比如：具有“东方卓别林”之称的渥美清出神入化的表演；当红女影星们的客串；随处可见东瀛列岛的自然美、人文美；日本人喜闻乐见的“道中”（旅游）物语形式的采用，古风犹存的小镇背景……其中最关键的，当然要数寅次郎这个活宝式的人物。寅次郎为何许人？按他的自称，是“渡世人”，翻成中文，就是无业游民（不含贬义），寅次郎从事的营生，介于江湖艺人与流动小贩之间，凭三寸不烂之舌兜售小商品，是他的特长。总之，这是一个无法纳入正常社会的轨道、没有归属的多余的人，与那些循规蹈矩、埋头苦干的工薪族完全是两码事。寅次郎出身也不同寻常，是父亲与一位卖艺女子的私生子。也许秉承了不安分的血统，从小就出名的淘气，人称"疯疯癫癫的阿寅"，16岁那年与父亲大吵一架之后离家出走，20年之后突然回到故乡——东京葛饰的柴又小镇，整部电影由此拉开序幕。本性难改的寅次郎，上演一幕幕令人唏嘘的恋爱故事。

然而，这个疯疯癫癫的寅次郎，却有一颗金子般的心，他善良、豁达、义气、多情，因此而获得日本民众的普遍喜爱。日本电影评论家吉村英男在概括《寅次郎的故事》"人气"的奥妙时指出："寅次郎仿佛是前世的古董，是被现代社会拒之门外的留级生、落伍者。连正式的职业都没有的'疯癫'，但他是最纯粹的人，最本质的人，最具有个性的人。他涵概了爱的所有概念。在非人间的竞争社会中，使追求物质价值的人们重新感到失去自我的实在性。告诉人们善良、纯朴、温暖尚与人心同在。"这是从现代社会人性

日本的国民英雄，寅次郎扮演者渥美清。

异化的角度对寅次郎作的高度评价。

但是换一种角度看，寅次郎的“人气”别有一种功能。从表面上看，长达48集的《寅次郎的故事》是在演绎同一个“单恋——失恋——流浪”的故事，其深层，则贯穿一个日本式的“人情”与“义理”博弈的结构，心地善良的“老好人”，与风流成性的“好色男儿”互为表里，你中有我、我中有你地缠绕。寅次郎无疑是个女性崇拜者，他与四五十位年轻貌美的女子发生感情瓜葛，虽然没有实质性的进展，却也堪称一位隐性的“采花大盗”。寅次郎在女性面前木讷而率真的表现，是最让人动心的地方。然而，寅次郎偏偏又是一个传统道德的卫道士，与女性的交往，往往是“发乎情，止乎礼”，而且经常是牺牲自己、成全他人，堪称情场上的“活雷锋”。失恋之后一人默默地踏上旅途，这种孤苦伶仃浪迹江湖的场面，很能打动日本观众的心。

耐人寻味的是，在影片中屡屡失恋的寅次郎，在现实中却是全体日本女子的梦中情人，寅次郎的扮演者渥美清因此而获得“国民英雄”的称号。这种艺术与现实的错位证明导演手段的高明。民谚云：成婚不如偷情，偷情不如未遂。确实，未遂的偷情，往往是最令人难忘的。山田洋次显然深谙此中奥妙，在《寅次郎的教育论》中他讲过一个故事，可以作为此片艺术策略的一种诠释：一位在“土耳其浴室”打工的小伙子，一天到晚看到男女偷情做爱的场面，久之生厌，每有《寅次郎的故事》上映，必定掏腰包去看，看完后心里觉得很充实。在他看来，寅次郎虽然每次都会爱上不同的女性，但都是全心全意地从爱念出发，而与性欲无关，能使人的感情得到抚慰。“人情”与“义理”的冲突与妥协，是日本文学的一个恒久的主题，日本作家在这个问题上一向采取审慎的、二元并存的态度，力图使它们各得其所，由此带来思想上的暧昧与美学风格上的朦胧，背后则有一条不可逾越的道德底线：对日本社会和谐与安定的维护。《寅次郎的故事》继承了这个传统。寅次郎丰沛的情欲受到更为强大的良知的制约，正如他对主流社会的嘲弄并不是出于颠覆的目的，而是希望它变得更加合理；而日本民众对寅次郎这个“无业游民”狂热的追捧，渥美清因此而获得“国民英雄”的称号，一方面显示了日本社会共同体内部的宽容，另一方面证明壁垒森严的现代日本社会秩序对人性的束缚与压迫之烈。缺什么，补什么，寅次郎做了许多日本人想做而不敢做，想做而做不到的事情，也就是说，日本人通过寅次郎的表演，内心的郁闷和焦虑得到了宣泄和释放。

写于2008年

第五编
“全球化”的喜剧

随着“全球化”时代的到来，各国发展时差及文化差异，催生无数跨国人间悲喜剧。身居北京这座国际化大都市，目睹中国人、日本人、韩国人、越南人、犹太人以及海归的克莱登博士各色人等的登台表演，各种错位既让人悲喜交加，又着实趣味横生。

1. 来自第三世界的老外

在我们平常的谈吐中，“外国人”这个词用得比较含混。实际上，它并非一视同仁地指中国之外的一切国家的人，而有成色上的微妙差别。高鼻子、蓝眼睛的欧洲人、美国人，当然货真价实，含金量最高，其他的则等而下之，到了那些比我们还落后的第三世界国家，比如刚果、几内亚，“外国人”这样的称呼已经叫不顺口，似乎是太抬举了人家。

刚到日本时，发现日本人只把欧美人当做“外人”（外国人的意思），中国人不入此列，便忿忿不平：这不是明摆着瞧不起我们中国人么？小日本真势利也。后来才发现：不仅中国，整个东南亚都够不上“外人”的级别，这有点意味深长，由此似乎可以嗅出点儿“大东亚共荣圈”味道来，日本当然是其中的老大。

回过头来想想，便也心平气和了，我们中国人不也是这样吗？我们何曾把第三世界穷国家的人士真正当成过“老外”对待？我们有一句用得很烂的现代成语，叫做“崇洋媚外”，仔细分析起来，此语毛病甚多。请问，偌大中国十几亿公民中，有几个崇毛里求斯、坦桑尼亚的？又有几个媚印度、柬埔寨的？我们的崇“洋”媚“外”，实实在在都是冲欧美那些有实力的先进国家去的，如此而已。趋炎附势，是人类共有的劣根性，小至个人，大到国家，莫不如此。

这样说似有点儿冷酷，事实偏偏如此。就本人一些微不足道的经验，也能说明问题。本人就职于一个学者云集的人文科学院。按理说，那是一个最具平等意识的地方，却常常让人感受国际世态炎凉：来了财大气粗的欧美学者，惊动整个单位，又是院领导接见，又是盛情款待，又是专场讲演，同行学者趋之若鹜，外事局的人屁颠屁颠地竞相陪同，提供一切方便；来了第三世界国家的穷学者，对不起，接待任务往下一放，让下面自己去折腾。当然，各所负责外事的人也不傻，你吃肥肉我啃骨头？没门儿，再把任务下放，最后摊到研究室里。

室里的同志都是搞研究的，多少有点儿书生气，遇到国外同行千里迢迢来切磋学问，能不去应付一下？而且，能到这里来访问的在本国均非等闲之辈，不是学术大腕，便是文化名人，要是

趋炎附势，是人类共有的劣根性，小至个人，大到国家，莫不如此。

碰上个把气味相投的，没准还能合作一下，搞它一两个课题，让对方替自己在国外（好歹也算）扬扬名，尝尝当国际知名学者的滋味，这对以后晋升职称、分房子都有好处，反正单位不用坐班，闲着也是闲着。所以，每次遇到这类任务，总能够找到志愿者。

但是，光有研究室同志的热心还不能保证访问的圆满成功，因为人家感兴趣的不只你一个单位，京城的名牌大学、文联、作协乃至名胜古迹，都是他们关注的对象。这也可以理解：好不容易捞到一次出访的机会，哪能不多走走，多看看，多拉拉关系？就像我们费了牛劲去趟欧美，想多开开眼一样。于是就涉及一系列琐碎而不得不应付的事情。

从理论上讲，这本来不是个问题。中国人素有“有朋自远方来”的光荣传统，尽地主之谊是理所当然的事，何况这是来自异邦的朋友，更应以礼相待，以显示我中华民族的慷慨大度。然而，令人遗憾的是，人文科学院如今已是全中国最惨淡的地方之一，每年下拨的经费，早已不足糊口，研究人员生活状况之惨，已经被新闻记者列为清扫工阶层，碰上外国穷学者频频来访，无异于雪上加霜。这种情形下，负责具体陪同的同志任务就很艰巨。

我的同事老刘已经数次出色地担任了此类使命。他是一位上年纪的单身汉，脾气温和，心肠也好，每逢有第三世界国家的学者来访，接待任务自然就落到他头上。当然，老刘有自己的想法和爱好，他虽然是研究中国古典戏曲的，头脑一点不冬烘，思想也开放，对外语尤有兴趣，英语、日语、俄语拉拉杂杂加起来也算粗通好几门。尤为可贵的是，他不光是学，还能活学活用，碰到了老外，一点儿不怯场，自来熟，这种本事连外文所的人都自叹弗如，甘拜下风。有一次坐飞机回上海，邻座碰巧是一对日本年轻男女，像是来中国做蜜月旅行的，老刘一上去就主动地打招呼："昆几哇"（您们好），期间空中小姐来送饮料，恋人脸朝窗外偎在一起未曾在意，又彬彬有礼地提醒："多浊，喔洽"（请喝茶），最后一起走下飞机舷梯时，老刘向这对恋人挥着手，像《远山的呼唤》里的高仓健向倍赏千惠子告别那样——"沙扬那拉"（再见）。从北京飞往上海的一个半小时里，刘先生谈精吐粹，统共三句日本话，句句到位，谱写一曲中日友好的新篇章。

老刘以诚恳无比的敬业精神，充当了中国和第三世界国家的一架小小的学术桥梁，他感受至深的，是去年夏天陪同越南同行。说起这件事，他至今还耿耿于怀，感叹人心不古，学界斯文扫地。

说起越南，我们的感情一定很复杂。记得上小学的时候，我们唱着“越南中国，山连山，江连江……”的歌，声援越南民兵用竹签戳穿美国佬的大肚子；歌的结尾是铿锵有力的“万岁！万万岁！胡志明，毛泽东”。可是没过几年，胡志明就撒手归天了，后来不知怎么搞的，越南又和老毛子傍到一块儿，反起同属社会主义大家庭的中国，到后来就更不像话了，竟吃着中国援助的精白米，用中国支援自己抗击美帝的新式武器，仗着有老毛子撑腰，与“同志加兄弟”的中国干起来，企图在印度支那半岛当霸主儿，结果被忍无可忍的中国军队结结实实教训了一番，才算完事儿。后来苏联、东欧解体，越南在国际上已无“大款”可傍，反倒变聪明了，开始和中国改善关系，并且学习中国的经验，搞起改革开放来。

来的两位越南先生一高一低，一胖一瘦，高的胖低的瘦，反差强烈，别有一番滋味。看他们的相貌身影，不能不使人对“国家”、“民族”一类的概念发生疑惑。走在大街上，要是没人告诉，谁会想到他们是老外？那位高个儿，显然不是越南种，这种高头大马，只能出自中国大陆的北方，比如山东、陕西，或许这位仁兄哪一代的先祖在朝廷做官时冒犯了龙颜，被发配到南夷蛮荒之地。至于那位小个儿，从肤色到长相，同福建、广西一带的同胞没有什么区别，透着一股子短小精明、勤劳勇敢的气息。

要是懂一点历史，这种疑惑马上迎刃而解。据史书记载，远古时越南名叫交趾或交州，从秦朝到五代十国，一直是中国的一个郡县，直到一位名叫吴权的本地英雄起义成功，才建立了一个名叫安南的相对独立的封建小王朝。然而，之后各代朝廷仍与中国保持紧密的藩属关系，直到1885年越南沦为法国的殖民地才告终结。可见，无论从历史还是从文化上看，它同中华民族母体有割不断的血缘。

两位先生看上去虽然不起眼，在本国都是有头有脸的人物，担任着国家级社会科学院的要职。高个儿姓黎，矮个儿姓阮，此番来中国访问，是想取点经，回应改革开放后急速变化的社会现实。值得一提的是，黎先生和阮先生，五六十年代时都曾留学中国，是山东大学中文系的高才生，系统地学过苏联的马克思主义文艺理论，能说一口革命化的中文。老刘陪着他们转悠，常常觉得时空发生错位，朦朦胧胧又回到了二三十年前那个热血沸腾、如火如荼的年月。

于是，老刘的任务，就远远超出了一般的陪同。京城的一切，都让两位越南先生觉得新鲜，街上许多招牌，虽然字字认得，却茫然不解，什么商城、中心、居酒屋、料理店、桑拿、寻呼、大哥大、老插酒家……诸如此类，都是那个时代见不到的新鲜玩艺儿。那时没那么多乱七八糟的名堂，只有反帝、反修、革命、斗争、灭资兴无等等。老刘费着牛劲，不厌其烦地向他们解释，两位越南先生做着笔记，头点得像鸡啄米似的，看来是准备回去后把此番来北京的见闻好好炒一炒。

人穷反大方，老刘对此深有感触。比起本单位一些知名学者出国时背一大包方便面榨菜，为的只是带回一两件家用电器，两位越南先生算得上有气魄。院里一天只给人家两三百元经费，就撒手不管了。按京城目前的物价，这点儿钱简直杯水车薪，吃饭，坐车，零花，应酬，还有回国时必不可少的礼品，哪样不要钱？不抠着点花哪行？可是，人家一点儿都不吝惜，出门必坐出租，而且还是每公里1.60元的“夏利”。北京地皮大，塞车又严重，坐出租实在划不来，一天下来，折腾掉一两百元人民币，是平平常常的事儿。

将心比心是中国知识分子的美德，老刘尤其如此。有好几次，老刘想领他们出宾馆上街叫黄色的“面的”，那种车价格最便宜，就是没空调，稳定性也差，而且不经撞击。不过依老刘看，反正是越南来的，过惯了苦日子，忍一忍，攒点钱，带个大件回去，岂不是件美事？看来老刘真是够得上活着的白求恩大夫，90年代的国际主义战士了。大暑天不计报酬地出来陪同第三世界国家的学者，还千方百计为他们着想，帮他们省钱，真是太纯粹、太高尚、太善良了。遗憾的是，对他的建议，越南先生反应并不积极，认准“夏利”不动心，颇令老刘失望。可是每当遇上塞车，老刘又发现，越南先生盯着计价器上蹦跳的数字，眼珠照样发直，真是死要面子活受罪。

最让老刘生气的，是几个貌似体面的文化单位接待他们时，竟不顾国礼，到了吃饭的时候，装聋作哑，空着肚子把他们打发走。那次去访问文化部下属的一个艺术研究所，对方的做法简直近乎卑劣。该研究所坐落在什刹海附近一个威严堂堂的皇家风格大院里，红门灰墙，回廊幽深，十分气派，据说是清朝某个王府的宅第，而占有者的小家子气，却在无情地嘲弄这气势恢宏的建筑。

老刘带着越南先生准时到该研究所，刚好上午十点整，会议室里稀稀松松坐着七八个人，看上去无精打采的。还是那一套，东道主先说两句欢迎的客套话，把双方的人士逐一介绍，交换名片，两位越南先生趁机拿出礼物——越南特产茶叶和绿豆糕，殷勤地送到每个人手里。老刘发现，他们每到一地必送礼物，人手一份，这次来中国究竟带了多少茶叶和绿豆糕，只有自己知道。

会议正式开始，主持人介绍过情况后，越南先生就开始提问，有关伤痕文学的评价啦，电视连续剧《渴望》、《三国演义》、《水浒》的现实意义啦，等等，都是些过了时的话题。接着中方先生提问，越南先生回答，都是关于越南文化界现状的。谈着谈着，就有点离谱，要是被越南的“克格勃”听见，没准儿惹大祸。黎先生说，看来这社会主义国家发生的事情都大同小异，越南在走中国十年前走过的路，作家们正在反思这几十年走过的道路。阮先生胆子更大，说越南到现在还没有形成自己的文学，一切都是外来的，越南文学史上的重要作品，都是受中国文学的影响产生的，越南读者读中国的文学作品，就像读自己的东西一样，中国的电视剧在越南非常火爆——谈到这儿，就卖弄起历史小掌故来：唐朝诗人骆宾王著名的七岁咏鹅诗传入越南后，深受越南文人雅士的喜爱，有一次中国宋朝大使李觉访越，正好看见两只白鹅在池塘里悠游，信口吟出“鹅鹅两鹅鹅，仰首向天涯”的诗句，相陪的越南法师不甘落后，马上吟出“白毛铺绿水，红棹摆清波”两句相唱和，这些诗句都是直接从骆宾王的咏鹅诗中脱化出来的，等等。

遗憾的是，这些发言并没有打动中国同行。这大概要怪两位先生的中文表达荒疏已久，已跟不上日新月异的中国学者的思维，而且，用简单粗鄙、火药味尚未褪尽的词汇表述委婉曲折的意思，听起来也有点滑稽。

看看反应不热烈，越南先生及时更换了话题，请东道主谈谈是怎样开辟财源发展科研的，这下找到了共同语言，交谈也热烈起来。黎先生说他们目前经费极困难，所发工资仅够糊口，要进行真格儿的研究几乎不可能。阮先生则希望以后能同中国同行搞些合作研究，由中方出资，越方出力，还欢迎中国同行经常到越南去看看，以加强两国的文化交流。东道主们对此意向表示赞同，说回头要开个会，好好研究研究。

一转眼过了11点，主持会议者看了看表，打住了话题，拿出几本研究所的刊物，送给越南同行，诚恳地表示：越南同行能在大暑天、百忙中抽时间来访问，真是太感谢了，今天的讨论对大家非常有启发，我们准备把它印成简报，以供全所同志学习参考，欢迎越南同行下次来北京时再来叙谈，座谈会到此结束。说完，与会者纷纷起立，一副隆重的送客礼仪。老刘一时有点儿傻眼：事先不是同他们打过招呼，说好由他们管饭吗？怎么临时变卦了呢？真是太下作了。火苗子在胸中呼呼地蹿，又不便发作，只好领着两位越南先生，糊里糊涂地往外撤。

出了那家研究所，烈日底下一看手表，时针不前不后停在11点30分上。一怒之下，老刘决心自己掏钱请越南同行，以挽回我礼仪之邦的面子。可是没等下定决心，黎先生已率先指着马路对面的一家山西刀削面馆，请他共进午餐。面馆门口，一个小伙计头顶一大团面粉，双刀齐下，杂技表演般地将面条削进沸腾的铁锅里，在空中划出两道白亮的弧线。老刘虽然一向囊中羞涩，却也从未在这种地方用过餐。时值盛夏，正是各种肠道疾病肆虐猖獗之时，岂敢以身家性命冒险？于是婉言谢绝，也劝住了越南同行，将他们送回宾馆后，一身臭汗地回到了宿舍。

出于工作责任心，老刘将这些情况向所里作了汇报，引起了所领导的高度重视。时值越南总理来华访问，江总书记亲自接见，双方进行了诚挚友好的、具有历史意义的会谈。所党委书记认为，一些单位的做法很不妥当，中国搞改革开放，也不应该冷落第三世界兄弟国家，挫伤人家的积极性，损害同志加兄弟的友谊，影响自己在国际上的形象，我们再穷，也不能像他们那样，连起码的礼仪都不顾。所务会经过讨论，决定拨专款宴请越南同志，为其饯行。

宴会是在单位附近的一家仿膳馆里进行的，所里的头头脑脑全都出席。宴会上觥筹交错，气氛热烈，高潮迭起。两位越南先生一个多星期来受的冷落，这时总算得到了补偿，兴致格外高涨。黎先生说，越中两国在漫长的历史上从来都是和睦友好的，除了十年前那点小小的不愉快。阮先生则说，越中两国本来就是一家，发生一点儿小误会，没有什么了不起，今后大家向前看，世世代代友好下去。两位先生的话赢得一片热烈掌声，十年前那场你死我活的厮杀孰是孰非就淹没在一片干杯声中。宴会结束时出现了激动人心的场面，令在场的服务员小姐大开眼界。大概是法国礼仪文化的熏陶吧，黎先生和阮先生张开双臂，依次扑向每一位中国学者，紧紧拥抱，中国同行起初有些拘谨，很快就反应过来，加倍回报。

几个月后的一天，老刘拿着一份报纸兴冲冲地来找我。我一看，是一篇关于当下越南文学的报道，介绍了黎先生和阮先生那次的中国之行，其中还特地提到了陪同他们的刘先生。两位越南学者高度评价了改革开放后的中国文学创作，并对如何繁荣越南的文学事业提出了一系列构想，结尾是：由于经费紧张，中国的学者和评论家若希望在该所的机关刊物上发表介绍中国文学的文章，每篇须提供版面赞助费人民币一千元。

写于1995年

2. 今日克莱登博士

不知什么时候，博士像雨后春笋一样地冒出来，纵横神州大地。不少人的名片上，赫然印着“博士”头衔，往来的私人信件、公函文书，必以“博士”相称，甚至在学术会议上，也是“博士王”、“博士张”地你称我呼，好不热闹。当然还有更厉害的，叫博导，博导带博士，就像金鸡生金蛋，金光闪闪，为中国造就一大批文化精英。

这年头一有好东西出现，马上就会有假冒伪劣的跟进，快得就像飞毛腿导弹，博士也不例外。如今以各种名目办的博士生班多如牛毛，只要愿意花钱谁都能上，到时候雇个枪手作一篇论文，博士帽就乖乖地落到头上。难怪大大小小的企业老总们，差不多都成了博士，足以组成一个老总博士军团。不过平心而论，假冒博士比起炮制贩卖假药似乎要好些，起码它不至于致人于死地，还有某种崇尚文化的气息。况且，这种情况不只中国有，外国同样如此，认真追溯起来，人家还是我们的师父呢。大文豪钱钟书在《围城》里写到：一位名叫方鸿渐的中国留学生在法国逍遥了几年，临回国发现忘了一件大事，为了对父母有个交代，隔着大洋从美国邮购了一个子虚乌有的名叫克莱登大学的博士学位，回国后名声大噪，光了宗耀了祖，不幸后来被正宗女博士、自己的单恋者苏小姐告发，弄得声名扫地。其实，方鸿渐的弄虚作假只是出于孝心，别无不良心机。相比之下，今日克莱登博士脸皮要厚得多，品位也低得多，不能不令人感叹世风日下。

坐落于京城的东方人文科学院不知何时传出风声：一位留学欧美多年的双料博士要来院里工作，此公头戴汉堡、哈佛两所世界名牌大学的博士帽，精通六七国外语，学贯东西，在国外学术界名气很大，美国好几所名牌大学竞相高薪聘用他，都被他婉言谢绝，院里费了好大力气，才将他争取过来，云云。

先声夺人的风传不久就得到证实。半年后，在全院欢迎大会上，大家目睹了洋博士的风采。此公果然气度不凡，西服革履，红光满面，比起院里那些邋里邋遢、面有菜色的土博士，明显地高出一筹。欢迎大会开得极其隆重，会场上打着大红横幅：《热烈欢迎牛宝国博士学成回来》。贾达宏院长亲自主持会议，从当前国际形势一片大好谈到院里的科研工作，足足讲了一个多小时，最后转到正题，他一手拍着牛博士的肩膀，一手翘起大拇指对大家说："同志们，我院老一辈著名学者一个个地走了，学术研究面临青黄不接的困难局面。牛宝国同志放弃了在美国优越的生活，学成回来，报效祖国，精神实在可嘉。他学贯中西，精通多国外语，荣获德国汉堡、美国哈佛两个世界名牌大学的博士学位，发表了几十篇重要论文，在西方学术界有很大影响，他坚持马克思主义的立场，批判形形色色的西方资产阶级反动思想，了不起呀。他回来得正是时候，我们东方人文科学院以后就要靠他这样的人才撑门面喽。"

贾院长的话引起一阵骚动，夹杂着不满的"嘘——"声，那是来自土博士们的不平之气。贾院长说话一向豪言壮语，可是像这样高调门的还是少见。尽管如此，并没有人怀疑这位洋博士的来历。

贾院长如此抬举牛宝国，不是没有道理的。贾院长学问虽不怎么样，却很会做人，功夫在学外，最主要的是，他政治上一贯正确，结果也混了个研究室主任的位置。那年夏天，京城一帮学生娃受苏东坡（波）的蛊惑，在天安门广场集会游行，声势十分了得，结果遭到严厉镇压。前任院长因立场不够坚定，发表了同情学生的议论遭到罢免，贾达宏趁势登上院长宝座，实现了夙愿。一上台，就好事临头。根据前任院长与美国一所大学签定的互访协议，马上有出国的机会，令他喜出望外。在此之前，贾达宏一直都想出国开洋荤，可惜学术上无甚成就，从来没人邀请，连香港、澳门都没去过。这真是应了一句老话：踏破铁鞋无觅处，得来全不费功夫。

精明的美国佬一看来访者老母鸡变鸭，且在中国学术界毫不知名，便采取了冷冻对策，把贾院长接到大学的宾馆一放了事，从此不再过问。于是，在宛如人间天堂的美国，贾院长度过了漫长的寂寞时光。贾院长英语一窍不通，只会几句简单的俄语，那也是上世纪50年代初中国向苏联一边倒时学的，可惜在此地全无用武之地。因为怕迷路，更怕遭黑人强盗打劫，哪敢外出，只好在风景如画的校院里独自转悠，打发宝贵的时光，心里痛骂美国佬的冷酷无情。正在这时，一个自称哈佛大学博士的牛姓中国留学生给他打来电话，把他从孤独无助的苦海中解救出来。

以后的日子风和日丽，美妙无比。牛博士开着自己的二手车，拉着贾院长从美国东部到西部转一大圈。有了牛博士的同声翻译，贾院长对美国社会有了立体的了解，大开了眼界。在洛杉矶，牛博士带他去看同性恋者示威游行，声势浩大的队伍使他激动无比，看到了资本主义的末日就在眼前，举着傻瓜相机“咔嚓咔嚓”，恨不得全部拍下来，好带回去作反面教材；到了旧金山，碰巧又撞上了男男女女裸体游行的队伍，更是热血沸腾，心想要是没有艾滋病添乱的话……

多亏与牛博士的不期而遇，贾达宏一个月的美国之行才变得有声有色，满载而归。回国后，贾达宏在全院大会上作了长达两个小时的访美报告，颇为轰动。此后应邀四处讲演，再让秘书整理成文章，到处发表，最后膨胀成一本厚厚的名叫《今日美国》的书，可谓名利双收。凭着丰富的政治经验，贾院长断定，这位年轻的洋博士可堪造就，前程不可限量，便有心争取他到人文科学院来当自己的助手，滋补自己老化的脑子。此举还另有一个目的：贾院长早已发现，院里那帮土博士个个是刺头，根本不买自己的账，弄一个正宗的洋博士来压压他们，以洋制土，不失为一高招。

而此时的牛宝国，正处一筹莫展的困境。在国外混了十来年，从欧洲到美国折腾一大圈，换了好几所大学，也没有读出什么名堂。他的竞争对手，不管是蓝眼睛、高鼻子的洋人，还是脸黄肌瘦、奋发图强的同胞，都比他有实力。绝望中他终于发现：在这个井然有序的世界里，一切都得按部就班地来，没有任何捷径可走，也没有什么投机取巧的机会，而他已过而立之年，岁月无情，再这样混下去，前途危矣。就在这时，上帝为他送来了贾达宏院长。那一个月，牛宝国使出浑身解数，将贾院长伺候得舒舒服服，宛如身处蓬莱仙境，很快得到他的慷慨承诺。半年后，牛宝国带着年轻漂亮的太太和外黄内白的宝贝儿子，回到了祖国怀抱。

牛博士一回来，马上得到了两室一厅，土博士小刘苦熬多年，眼看就要到手的房子因此泡了汤，愤怒的小刘跑到院里抗议。贾院长作出同情状，苦口婆心地劝道："上边有政策，对学成回来的洋博士要特殊优待，我也实在没办法。"然后信誓旦旦向他保证：下次分房一定优先，好歹总算安抚住了小刘。可惜的是，牺牲了土博士的利益，并没有得到牛博士的欢心。

不久，院里开始评职称。按院里规定，博士

生毕业后必须工作一年才能参加高级职称的评定，牛博士却不受这个约束，临时夹了进去。在投票之前的个人陈述中，牛博士海阔天空，侃了一通欧美学术界的情况，连带介绍自己的学术业绩，听得评委们目瞪口呆，那么多的新名词、新观念，令人眼花缭乱，根本无从辨别。这也难怪，这一届的学术评委是解放后培养出来的，多数不懂外文，对国外学术界的现状更是不甚了了。现在面对这位双学位的洋博士滔滔不绝、夹杂着多国外语的高谈阔论，还有什么可质疑的呢？又有谁愿意当众暴露自己的浅薄与无知呢？因此，当牛博士声称自己几十篇重要论文在美国最有影响力的英特网上发表时，没有一个人问一问：这英特网到底是什么玩艺儿，于是全票通过。

洋博士牛宝国捷足先登，土博士小陈因此而落第。吃了空心汤团的小陈当然不服，拿着砖头一样厚的学术专著到院里评理。贾院长装出一副爱莫能助的样子，对他说："我也没办法，这是学术评委会投票的结果，不是我一个人能说了算数的。再说，人家又是哈佛、汉堡的双博士，国际知名学者。"言下之意十分清楚：就你这点半吊子的洋学问，还能同人家原汤原汁的海归牛博士比？也不撒泡尿照照。小陈哑口无言，愤怒地摔门离去。贾院长心里暗暗得意，庆幸以洋制土的妙策取得成功。

牛博士获得高级职称后，立即被任命为研究室主任兼院长助理，不久又被选为院党委委员，成了东方人文科学院历史上第一位有洋博士学位的党委委员。明眼人看得很清楚，通往副院长的路已经为他铺好。

牛博士果然没让贾达宏失望，在以后的日子里，连连炮制文章在报刊上发表，抨击腐朽堕落的资本主义和西方文化霸权主义，揭露西方的民主自由和议会制度的虚伪性，弘扬马克思主义的真理和社会主义制度的优越性，得到有关部门的极大赏识。这些年，一些理论家挥舞锈迹斑斑的武器，批判后工业时代的资本主义，牛头不对马嘴，惹出不少笑话，现在有牛博士这般到位的、高水平的批判，中宣部的领导深感欣慰，面对死而不僵的西方资本主义社会有了对路的话语。牛博士从此成了个大忙人，应邀到处出席论坛，作讲演和报告，一时名声大噪。

可是出乎人意料的是，就在春风得意、前途如日中天之际，牛博士突然失踪，不知所向，闪了贾院长。

每逢这种时候，牛博士总是东躲西闪，枉顾左右而言他。可他越是躲避，人们越是好奇。直到最后，有人给哈佛和汉堡两所大学发出信函，调查他的博士学位是否属实。

追究起来，这不能不怪那帮土博士。自从来了牛博士，他们的不平之气一天也未平息过，尤其是刘博士和陈博士，简直成了他的冤家对头。院里开学术讨论会，只要牛博士一发言，就有人起来反驳，一发表文章，就有人出来批判，或指出常识性的错误，或控告抄袭某外国学者的成果，甚至连错别字都不放过。面对这些攻击，牛博士显得底气不足，只有招架之功，无还手之力。他沮丧地发现，这帮土博士对国外流行的时髦玩艺儿并不陌生，这对他无疑是一个沉重打击。

最让牛博士丢面子的，是那次国际学术讨论会，来了一位欧洲学术界的大腕，要与中国同行讨论“后现代”问题。因为是双料留洋博士，翻译的任务自然落到牛博士头上，结果一败涂地。人们原以为“后现代”之类是牛博士的拿手好戏，翻译自然不在话下，没想到不是那么回事儿。牛博士不只是专业的学术问题翻译不清，连一般的常识也疙疙瘩瘩的。这时，土博士小陈趁机窜了出来，出尽风头。他是国内“后现代”问题的专家，人称“陈后主”，每逢牛博士卡壳，他就胸有成竹地接上来，把概念解释得清清楚楚，然后以那口听起来有些怪异却相当雄辩的英语连译带发挥，把那位欧洲学术大腕听得连连点头，庆幸在遥远的东方找到了知音。到后来，翻译几乎由小陈包下来，牛博士被晾在一边，变成了听众，脸上一会儿红，一会儿白。

牛博士的洋相终于让人生出疑心，从此不断有人打听他的留学背景，土博士小刘甚至不客气地找上门，要求见识他的博士文凭。每逢这种时候，牛博士总是东躲西闪，枉顾左右而言他。可他越是躲避，人们越是好奇。直到最后，有人给哈佛和汉堡两所大学发出信函，调查他的博士学位是否属实。纸终究包不住火，就在双博士神话即将戳穿之际，牛博士当机立断，带着外黄内白的儿子和年轻貌美的老婆悄然离去，事先没向任何人透露消息，包括贾院长在内。

但据知情人士透露，牛博士逃之夭夭还有别的原因。比如，区区两室一厅，根本不能满足他的需要，儿子特立独行，一人就要住一间，太太飞扬跋扈，一人也要住一间，牛博士连自己的房间都没有，真是有点惨。这还不算，令他万没想到的是，宝贝儿子在中国上小学居然要按美国人的标准支付美金，学费相当昂贵，因为他在美国出生，拿的美国护照，是货真价实的美国小公民。这对牛博士来说当然无法接受，他煞费苦心、不远万里回到祖国，为的是享受社会主义的优越性，现在倒好，反过来为祖国贡献美元了，这算哪门子的事！于是给贾院长打报告，要求院里给以资助。贾院长很想帮他，无奈院里的财政状况，连药费都快报不出，哪里还有多余的钱来资助美国孩子？贾院长想尽办法，也变不出好的戏法，令牛博士大失所望，后悔当初没有好好了解中国国情，大意失荆州。还有，娇生惯养的牛太太根本过不惯国内的生活，整天闹着要回美国，甚至以离婚相要挟。

对牛博士的失踪，贾院长一直讳莫如深，至今未给大家一个明确的交代。土博士们在这件事情上与贾院长保持着某种默契，鉴于牛博士已自动蒸发，为本学院的名誉计，决定不再追究，因为这种事情一旦向社会曝光，肯定变成一个丑闻，东方人文科学院的声誉因此将受到严重损害。这件事遂成为大家私下谈论的话题。随着时间推移，牛博士与贾院长联手上演的这场新克莱登闹剧，逐渐淡出人们的记忆。

写于2000年，2008年改定

3. 中、日、韩的“三国演义”

中、日、韩为东亚三大国，彼此近邻，关系微妙而复杂。对于日本，由于近代以降的切肤之痛，中国人有较多的了解，对于韩国，则有些隔膜，隔膜的原因，在于韩国与中国靠得太近，文化上受中国同化较深。对眼皮子底下的事情，中国人往往不太在意。

韩国的版图近似散锋的毛笔，西北与中国东北毗连，东南与日本列岛相临，这种地理构造涵养了韩国人独特的精神气质，形成一种介于中国大陆文化与日本岛国文化的“半岛文化”。相对于中国大陆文化的博大厚重，东瀛岛国文化的空灵含蓄，韩国的半岛文化显得似是而非，缺少自己的特色。加上过去漫长的历史上，韩国一直处于弱势地位，先是受中华帝国的“羁縻”，后来受日本的奴役，再后来受美国的控制，所有这些，给韩国人的精神烙上一层挥之不去的悲情。直到20世纪末，韩国经济腾飞，跻身“亚洲四小龙”行列，他们的郁闷才算得到释放。

先看韩国对日本的态度。由于长达半个世纪的殖民地统治压迫，韩国人对日本的仇恨几乎达到非理性的程度。在韩国，抵制日货是极自然的事情，日本商品根本进入不了韩国市场，这一点韩国人比我们中国人厉害得多。在韩国，有谁敢冒天下之大不韪买日产汽车，八成会被砸烂。这几年来北京留学的日、韩学生有不少，也带来了摩擦。听北大的一位朋友说，韩国学生经常故意找碴儿，把日本学生揍得眼青鼻肿，日本学生呢，似乎大不如父辈勇武，武士道精神不知跑哪儿去了。

若干年前，韩国政府下令拆除日据时代日本总督府的房子，引起世界舆论哗然，作为历史的见证，这座建筑具有很高的文物价值，应作永久保存。然而，韩国政府硬是下令拆了。据韩国风水大师的解释，拆掉这座建筑，是因为它阻断了首都的气脉，这似乎有点耸人听闻，如果真是这样，韩国应该在日本投降那年就将它拆除，何必等到半个世纪之后？

再看韩国对中国的态度。韩国对中国的心情比较复杂，由于自古以来受中国文化同化，对中国文化有很大依赖性，自身的文化主体性得不到生长，难免产生焦虑，滋生反抗情绪是很自然的。故此，韩国一方面尽量地“去中国化”，又是废除汉字，改“汉城”为“首尔”，另一方面又大言不惭认定自己才是儒家文化的真正代表。近年来，不少韩国学者纷纷发表豪言，鼓吹大韩民族如何伟大，韩国文明历史如何悠久，甚至宣称包括中华文明在内的世界文明均起源于韩国。我认识的一个韩国学生朴某，前几年在北大哲学系读硕士，颇为狂妄。韩国人是很讲师道尊严的，可此公却对自己的中国导师十二分看不入眼，曾对我说，像他导师这样的水平在韩国连硕士学位都拿不到；甚至语出惊人：像鲁迅这样的作家，在韩国有两千多个！

韩国人的性格中确实有令人悚然的东西，他们有日本人的刚烈，却无日本人的柔软，有中国人的坚执，却无中国人的中庸。韩国人的性格令人想起韩国的文字（读作hanguru），两者非常吻合，韩文圭角生硬，愣头愣脑，既无汉字的形象美和一波三折的线条顿挫，也没有罗马拼音文字符号的流畅简洁，平心而论真的不好看。也有人认为这与韩国的饮食有关，韩国人喜食辛辣的泡菜和烈性酒，还有火力极盛的高丽参。这不无道理，反正韩国人的性格就是缺少一点弹性。这种性格一旦为狭窄的民族主义驱使，会释放出惊人的能量。我们研究所一位同事曾赴韩国教过一年汉语，回来后叫苦不迭：就因为对韩语表示出兴趣，向韩国学生请教了

韩国人的性格中确实有令人悚然的东西，他们有日本人的刚烈，却无日本人的柔软，有中国人的坚执，却无中国人的中庸。韩国人的性格令人想起韩国的文字（读作hanguru）。

几回，马上引起校方的警觉，怀疑是中国派去的间谍，暗中遭到严密监视。

记得十多年前，北京举办过一次中、日、韩国际书画联展，本人作为日方的翻译，有机会近距离接触韩国人，长了一点见识。

此展由中国文联主办。所谓中、日、韩国际书画联展，其实有点夸张，三方中只有中方是国家级水平，不少名家参与出品，而日韩两方都是普通的民间书道团体，显然是想借此展览扩大在国内的知名度，提升级别。这些年，仗着瓷实的钱包，日本、韩国一些不入流的艺术家、艺术团体纷纷来中国办展览，艺术水准实在不敢恭维。然而对主办方来说，这却是创收的好机会。当时外汇硬通货的官方汇率与黑市价格存在巨大落差，主办方按官方汇率向前来参展的外国艺术团体收取美元或日圆，然后再按黑市价兑成人民币，不费吹灰之力就能发横财。何乐而不为?

中、日、韩国际书画联展在历史博物馆举行，展厅堪称一流，筹备布置工作却是相当糟糕，展览会图录印得皱皱巴巴，从封面设计到编辑装帧都很拙劣，这样的东西无论在日本还是韩国，都是拿不出手的。还有，承办单位的人做事马马虎虎，漏洞百出，到了布展的时候，日、韩两方客人准时到达，承办单位的人却姗姗来迟，结果造成一片混乱。对此，日、韩两方表现出截然不同的反应，日本人心里虽然不满，脸上并不流露，依然彬彬有礼，尽力配合；韩国人则不然，个个板着脸，连招呼也不肯打。

承办单位的疏忽很快受到惩罚。热闹的开幕式一结束，主办单位就来结账，日方根据账单和当日的官方汇率如数支付了日圆，一点异议也没有。韩方却拒绝同样方式的支付，理由是：这是在中国，他们只能付人民币；另外他们拒绝付所谓的劳务费，因为主办方并没有提供名副其实的服务。双方争执起来，谁也不肯让步，中方只好拉着韩方找日方来调停，希望通过日方说服韩方。

那已是深夜十点，在日方下榻的长富宫宾馆的咖啡厅，一场为美元比价的争论拉开了马拉松战。中方四个人，包括一位副局长，一位处长，一名办事员，还有一名女会计，带着发票收据，个个脸上带着愤慨与无奈。韩方也是四个人，其中两个是和尚打扮，态度一个比一个强硬。

中方找日方来调停，有它的道理。日方已按规定付了日圆，通过它给韩方施加压力，刺激它的自尊心，是个好办法。不料此招不灵，韩国人坚持说，这是在中国，他们只能付人民币，如果一定要付美元，那只能按市场的价格。

日方团长鸟居静秀是一位有涵养的人，使出浑身解数进行调解，他一方面恳劝韩方顾全大局，另一方面建议中方免了韩方的劳务费。这样，他既委婉地批评了中方工作上的粗疏，又以抚慰的方式规劝了韩方，同时又显出日方的宽宏大度，可谓一石三鸟。中方接受了免去韩方劳务费的建议，然而韩方一点也不领情，仍然不肯按官价付美元。双方僵持不下，韩方最后亮出了杀手锏：中方如果一定要他们这样做，韩方马上退出展览。

此招确实厉害，中方副局长闻知后勃然作色。展览会已开幕，消息已发布出去，韩方要是真的退出展览，传出去岂不成为一个国际丑闻？捅到上头他怎么吃得消？作为主办单位的负责人，乌纱帽恐怕都难保。为一笔小小的创收而牺牲自己的前途，只有傻子才干那种事。中方终于让步了，答应韩方按市场价支付美元。

不料事情又有变化。韩方说，因为中方一开始拒收，美元已经存入国内银行，现在时间太晚，取不出来，要付只能支付数量相当的人民币。中方沉默了，大家都知道，此时正是美元黑市价飙升之际，收人民币意味着贬值吃亏。可是，既然大局已输，再去争这点小利益又有什么意义？中方副局长示意收下人民币，会计点过以后，开出发票。至此，这场极特殊的国际马拉松商战以中方大败而告终，中方副局长带领人马垂头丧气离去。

韩方的胜利令日方感到失落，若按黑市外汇价计算，日方付出的费用比韩方整整多出一倍，可是已经付出去的硬通货是不可能要回来的。鸟居静秀团长心里一边痛骂韩方的蛮横无礼，不懂“和为贵”的道理，一边对中方借外汇黑市差价牟利，筹备工作稀里马虎表示鄙视。不过，一想到展览会好歹顺利开幕，国际文化交流的计划得以完成，他主宰的书道团体在日本的地位可能有所上升，心里也就平衡了。对他来说，重要的是今后还要同中方打交道，还要继续合作。一想到这一点，他觉得日方没吃亏，吃亏的是韩方。

韩国人做事不留余地，由此事可见一斑。这一切当然不是空穴来风，而是由特定的历史现实造成的。由此观之，假如韩国综合国力进一步提升，具备更强的实力，或者有朝一日南北朝鲜统一，整合成一个强大的国家，天晓得会作出什么惊人之举。

写于1994年，1999年改定

4. 古董市场上的韩国太太

金太太是我在北京古董市场上结交的朋友，韩国人，丈夫是韩国驻北京一家大公司的总裁。与她交往，令我大开眼界，领略到了韩国人的民族精神。

其实，早在结交金太太之前，我就认识她了。我家就在潘家园附近，离古董市场只有一箭之遥。也许是近水楼台的缘故，渐渐地我也迷上古董，逢有周末集市，必去转悠一圈，每次去转悠，必能见到一位身材敦实、脸盘扁圆、浓眉大眼的韩国太太。她在市场上很活跃，同她打招呼的人也多，不只是摊主、玩家，甚至还有高鼻子、蓝眼睛的老外。有时她领着一帮韩国太太，浩浩荡荡开进市场，声势甚为了得。她买起东西来胃口很大，每次总是满载而归。有一回她同摊主砍价，我碰巧就在旁边，站在买家的立场，给她助了一点威，促成了交易，从此我们就成了朋友。

我发现，金太太看古董眼光真毒，尤其是看元明清三代的瓷器，几乎百无一失，后来才知道，她出生于韩国的一个陶艺世家，父亲是小有名气的鉴定家，在釜山开着一家古玩店。金太太出嫁之前一直给父亲当帮手，结婚后随丈夫来到中国，犹如老鼠掉进白米缸。中国地大物博，文物遍地，其时正处改革开放初级阶段，文物市场也刚刚起步，与经济发达的国外相比，古董价格低得令人难以置信。凭着一副好眼光，金太太在京城古董市场纵横驰骋，如鱼得水，究竟捡了多少便宜，谁也说不清楚。有一次我亲眼看见，她只花八十人民币，就将一只品相不错的白底黑花、带有仙鹤图案的元代磁州窑罐带走。

金太太讨价还价也很有一手。她很会揣摸摊主的心理，杀价既狠且准；必要时，还会利用女人特有的武器，耍点无赖什么的。有一次她看中一个宋代的影青香炉，软磨硬泡，把价格从六百元杀到二百五十元，依然紧追不舍。摊主拗不过她，只好挂起免战牌。瞅准一个空当，金太太抓起香炉，扔下了两张百元钞票拔腿就走，来了个先下手为强。摊主在后面急得直叫，终究未能追上来。

话说回来，金太太在旧货市场上砍价虽然毫不留情，与朋友做买卖却还算公平，有时还能给以照顾。不过这种照顾是有分寸的。金太太决不会因为哥们（或姐们）义气而当冤大头。

那次，金太太约我去看两件祖传珍宝，介绍人是她的女朋友朴小姐。朴小姐是朝鲜族，家住长白山，长得很漂亮，也聪明能干，很早就来北京闯荡，如今在亮马河一家名叫萨拉伯尔的韩国料理店当领班。金太太和她丈夫常去那儿吃饭，她们就认识了。朴小姐对金太太及朋友格外殷勤，照顾得无微不至，因此深得金太太欢心。金太太十分看重血浓于水的同胞之情，哪怕隔着国界和社会体制也不在乎，来了朋友就往那儿招呼，成了朴小姐的铁杆后援。

在北京方庄一套装修得像三星级饭店的别墅公寓里，我们受到隆重的招待：身穿红色制服、带雪白手套的男仆送上带香水的热毛巾，各种进口饮料和时鲜水果摆满桌子，主人看上去气度不凡，浑身上下全是名牌，脖子上挂一条很粗的金项链。一看名片，才知道是某房地产公司的总经理。

闲聊片刻后，主人举手打一个响指，男仆捧着一个硕大的深红色丝绒盒，步履沉稳地走进来，轻轻地放到茶几上，小心翼翼地打开。我一看，一对青花盘埋在黑色的丝绒里，显得雍容华贵。主人介绍说：这对青花盘子是他祖上在朝廷做官时皇帝所赐，传到他这儿已是第八代，珍藏了两百多年，平常很少示人，听说金太太是韩国的大收藏家，才让她过过眼。

金太太取出一只盘子，前后仔细看了看，轻轻弹两下，然后放回盒子里，问："多少钱？"

主人郑重其事地说："这是祖传的宝贝，本来不想卖，老爷子生前也交代过，不许随便出卖，尤其不能卖给不懂行的人，糟蹋了好东西。不过，既然金太太喜欢，又是个懂行的大收藏家，那我就开个价：两万五千美金。"

我不禁大吃一惊，真是狮子大开口，这对青花盘子属于清代中期民窑系的瓷品，不是什么珍品，在行里很容易找到。再看金太太，只见她微微一笑，却不表态，弄得气氛有些尴尬。沉默中，朴小姐说话了："贾总，金太太是我的好朋友，以后也是你的朋友，优惠一点嘛。"贾总沉吟了一下，很给朴小姐面子："既然是朋友，那就按朋友价，打个八折，两万美元怎么样？"金太太还是不表态，仍然微笑着，一副神定气闲的样子。主人有点沉不住气了，忍不住问："那你觉得值多少钱？"金太太不动声色地说："三百美金。""多少？"贾总大声追问，朴小姐眼睛瞪得像灯笼。金太太并不理会这些，心平气和地说：“清代中期的民窑青花盘子，就值这个价钱，我在琉璃厂见过同样的东西，每对只卖两百美金。”说完就呵呵地笑了起来。听了这话，朴小姐脸一下子红到了脖子根，贾总发誓说绝对不可能。金太太于是问贾总：“我家里就有这样的盘子，每对只收三百美金，你要不要？”贾总装作没有听见，只管自言自语地嘟哝：“三百美金，还不够我在大三元撮一顿的呢。”

然而金太太也有出手豪爽的时候。

差不多从我们结识那一天起，金太太就跟我打听谁有韩国的古瓷器。我对韩国瓷器没有太大兴趣，也没有这方面的收藏关系，所以没太当回事儿。直到有一天，我在考古所一位朋友的书柜里意外地看到一件品相完好的李朝的青花小罐，才想起了金太太的嘱托，就把消息告诉她。这一下不得了，金太太求我立刻带她去见我的朋友。可那位朋友无意出卖此东西，那是他收藏多年的心爱之物，因此不想同金太太见面。金太太急得像热锅上的蚂蚁，再三恳请我朋友答应两件事：第一，无论如何让她一饱眼福；第二，如果准备出让，一定先通知她。我的朋友终于答应她的恳求。记得那天在朋友的家里，金太太见到那只李朝青花小罐，简直就像找到了失散多年的女儿，眼睛都有点湿润，长时间捧在手中端详抚摸，依依不舍，那光景真是让人感动。功夫不负有心人，一年后，那位朋友的女儿自费赴美国留学，急需一笔美金。穷学者没有多少储蓄，便想到那只李朝青花小罐，想起与金太太的约定，委托我与金太太联系。金太太接到电话后第一时间赶了过来。交易极为顺利，金太太以六千美金的高价抱走了那只李朝青花小罐，一点讨价还价都没有。这是我破天荒第一次看到金太太买古董出手如此大方，不免感到惊异。后来我调查了韩国古瓷器的行情，发现这个价钱已接近韩国国内的拍卖价，更是敬佩不已。金太太此举表明：爱国心可以战胜利益原则，她不愧为大韩民族的女中豪杰！

写于1994年

5. 从东京来的犹太哥们儿

一提起犹太人，人们脑子里就会出现一个复杂的形象：精明的商人和倒霉的受难者。关于前者，自从莎士比亚写了有名的剧本《威尼斯商人》之后，全世界似乎就有了定见，那个爱财如命、敢拿人家大腿上的一磅肉打赌的高利贷者，俨然成了犹太人的典型，吝啬也就成了犹太人的代名词。由于这个不光彩的铺垫，人们对犹太人也减少了同情之心。

关于犹太人的是是非非剪不断理还乱，其善于理财和珍惜金钱，确是千真万确的事实。这方面给人印象最深的，莫过于电影《辛德勒的名单》中的一个细节：几个犹太商人在遭灭顶之灾的前夕，依然锱铢必较地与收买自己工厂的辛德勒讨价还价，并且声称："时局虽变，金钱依然是金钱。"此言堪称守财奴的经典格言。

本人这一辈子只认识一个犹太人，那是东京的哥们儿介绍来的，叫布鲁斯。布鲁斯毕业于美国哈佛大学金融系，货真价实的博士，现在东京一家大银行就职，年薪不菲，不过他生性俭朴，从不奢侈。东京的哥们儿在越洋电话里还特地叮嘱：“布鲁斯花钱很小心，千万别带他去宰人的地方。”

第一次见面就让我吃惊不小。机场出口处，鱼贯而出的客流里，一位身材特别矮小的白种男子看见我举的牌子后，朝我挥起了手。然而，我惊讶的并不是他的身材，而是他的装束，时值寒冬腊月，他却只穿一身单薄的西装，在人流中特别显眼，与我鼓鼓囊囊的相比更显悬殊，不由感叹：洋人身体就是棒，黄油牛排没白吃。

上了出租车，聊过几句天气，布鲁斯就谈起出租汽车价钱，他的记性真好，伦敦、巴黎、纽约、曼谷……世界各大城市的出租车价钱一路道来，如数家珍。到了下榻的丽都饭店，他告诉我，这家饭店在全北京四星级饭店中价格最便宜，这个时候住，还可优惠百分之十。听着这些，我感到很意外，如此喜欢谈论价钱——并且是在初次见面的异国人面前谈论价钱的外国人，我还是第一次遇到。

我感到很意外，如此喜欢谈论价钱——并且是在初次见面的异国人面前谈论价钱的外国人，我还是第一次遇到。

安顿完毕房间，布鲁斯热情地邀我共进晚餐。我问他喜欢不喜欢中国菜，他说非常喜欢，我把菜谱让给布鲁斯，他惊得眼珠差点弹出，说中国的通货膨胀率世界第一，然后又把菜谱推给了我。

然后吐出四个含糊不清的音，仔细一听，原来是“北京烤鸭”，不由令我大笑。到了大堂，他不去餐厅，却到前台交了钥匙。见我有点纳闷，就告诉我，离宾馆不远有家餐馆，那儿的烤鸭味道很好，两年前，他在那儿吃过一只，只花了十五元。我觉得不可思议，脱口问道：“Dollar？”布鲁斯说“No！”然后发出三个怪兮兮的音，听得出是“人民币”。我怔住了，十五块钱一只北京烤鸭？无异于天方夜谭，即使两年前也不可能。

出了宾馆走了一段路，布鲁斯露出了迷茫的神色，放眼望去，一片新崭崭的高楼住宅，哪有什么餐馆？我估计这一带早已拆迁，便以此相告。布鲁斯耸耸肩，显出十分遗憾的样子。我想起不远有家便宜坊烤鸭店的分店，便建议上那儿去，布鲁斯说OK，我挥手刚想招呼的士，布鲁斯却说他想体验体验北京的BUS。说来凑巧，BUS车站刚好就在旁边，有一路车正好通向便宜坊方向，天助布鲁斯！

到了便宜坊，打开菜谱，吓我一大跳，如今的便宜坊，早已不再便宜，每只烤鸭标价八十八，毫不含糊。其实，这个价钱对有钱的老外来说并不算什么，但对眼前这位特殊的老外却有点例外，因为有了十五块钱一只烤鸭的参照，这个标价无论如何也离谱。我把菜谱让给布鲁斯，他惊得眼珠差点弹出，说中国的通货膨胀率世界第一，然后又把菜谱推给了我。

踌躇了一番，我点了半只烤鸭和两样价格很低的蔬菜，布鲁斯挺满意，慷慨地加了一瓶啤酒。这顿饭，我只吃了个半饱。布鲁斯食欲极佳，并没有因为中国通货膨胀而受丝毫的影响。我呢，因为那只十五块的烤鸭的干扰，食欲大打折扣。

我们约好第二天中午在天坛公园门口会面。不巧那天夜里寒流袭击北京，温度骤降至零下12度。一路上我为布鲁斯衣着单薄担心，到那儿才发现完全多余。布鲁斯比我早到，身穿一件崭新的白色羽绒服，正悠闲地在公园门口踱着小步呢，远远看去，就像一只北极小狗熊。一见面，布鲁斯就得意地告诉我，这件羽绒服今天上午买的，很便宜，只花了八十元。我摸了摸，羽绒的质地仿佛不坏，便问是在哪儿买的，他说是在秀水街，原价二百五十。我向他打赌，全北京也买不到这样便宜的羽绒服，布鲁斯得意地笑了，说中国的羽绒服全世界最便宜，价钱是日本的三分之一，下个月要去俄罗斯出差，正好派上用场。

为了答谢布鲁斯的款待，离京前一天，我请他到家里来吃饭。布鲁斯给我送了一盒价廉物美的饼干。其间，我拿出一盒美国巧克力招待他，布鲁斯顺口就说出了巧克力厂家的名字。大概是连日与布鲁斯相处受了熏陶，我张口就问这巧克力在美国的价钱，不料竟难住了他。布鲁斯抱歉地对我说，有机会一定给我打听。事情就过去了。

半年后布鲁斯随一个代表团来北京考察，一到北京就给我打电话，寒暄过后，就兴冲冲地告诉我："我打听到了，那盒巧克力的价钱是12美元50美分。"听了这话，我乐得差点儿昏过去。这件事我早已忘到了爪哇国，他还一直惦记着。好个布鲁斯，真是个讲信用的人!

写于1994年

6. 神秘的艺术大师

"我长得像奸商，日本人见了我都害怕。"

——这是第一次与怀先生在涩谷车站广场八公雕像下约会，姗姗来迟的他突然冒出的一句话，让我猝不及防。定下神来打量，怀先生瘦脸尖腮，戴一副黑边眼镜，拎一只黑色公文包，表情深奥，不苟言笑，确实有几分奸商的样子。

跟着怀先生轻飘飘的背影，在涩谷车站附近狭窄的胡同里七拐八弯，钻进一幢陈旧的楼，坐上鸽子笼一样的电梯，来到一家叫"养老之瀑"的居酒屋，里边人声鼎沸，生意火爆。

怀先生熟练地找到了靠窗的座位，穿店服的小姐就跟了上来，送上毛巾，递上菜单，在一旁静静的恭候。怀先生把菜单让给我，粗声大气地说："你，随便点，我请客。"

我翻了一下菜单，出于礼貌，又递了回去，这里的菜价廉物美，品种齐全，看来怀先生挺会找地方。

没想到怀先生的日语那么糟糕，连点几个菜，日本小姐都听不懂，“哎—哎”地瞪大眼睛。好在菜单上图文并茂，怀先生看来也早已烂熟于心，干脆指点起来，这个那个地点了一大堆。

一杯啤酒下肚，怀先生放松下来，人也变得亲切自然起来，开始给我讲起笑话来：基辛格当年来北京访问，看见胡同里的老百姓用一种机器把一小把大米变成一大堆爆米花，非常稀奇，毛泽东向他解释了其中的奥妙，基辛格伸出大拇指，连称中国人聪明，表示要把这一高招带回美国去，解决美国人吃不饱肚子的问题。一讲完，怀先生自己就得意地大笑起来，从叙述的圆熟程度看，此笑话他已对人讲过无数次并且乐此不疲。讲完了一个，怀先生又讲第二个：尼克松来中国访问，看见中国人走路的样子，就问周恩来：你们中国人为什么总是低头驼背，我们美国人却个个昂首挺胸？周恩来回答说，因为我们中国人是在走上坡路，你们美国人却在走下坡路。说完又得意地自己大笑起来，弄得我有些尴尬，只好陪着干笑几声。

酒酣耳热之际，怀先生从黑色公文包里拿出一本厚厚的影集，得意洋洋地递给我，我打开一看，还是吃惊不小。耳听为虚，眼见为实，关于怀先生的种种传说，我早已听说，在东京的中国画家圈子，他是一个传奇式的存在，一提起他，没有不感到惊奇的。他的画在日本卖到了天价，不仅远远高于同辈的中国画家，而且凌驾于齐白石、吴昌硕、张大千等近代艺术大师之上。东京有一个令全体日本画家顶礼膜拜的地方——高岛屋美术馆，设在日本桥高岛屋百货店本店的八楼，专门为世界级的艺术大师和日本绘画巨匠举办展览。到目前为止，在这个日本顶尖级美术馆举办过展览的中国画家，只有怀先生一人。眼前的影集，无可置疑地证实了这一切。

日本财政两界大人物和演艺界名流的身影在我眼前一一掠过，怀先生穿一身崭新的西装，身体挺得笔直，脸上露着僵硬的笑容，同他们在一起显得极不协调，看得出他还不习惯这种场面。我的目光在一幅照片上停住了：那是日本艺术院院长大山正雄，同怀先生紧紧地握着手，脸上露着标准的笑容。大山是当今日本画坛顶尖级艺术大师，此公崇拜中国文化，精通孙子兵法，擅长远交近攻，与中国高层领导一直保持密切的联系，曾多次往返丝绸之路，寻找灵感，创作了大批气象博大的日本画，创立了自己独特的艺术风格，在日本画坛确立了不可动摇的地位，影响力之大，无人可及。怀先生的展览有他捧场，非同小可。同怀先生合影的，还有高山清、横山宽、东山造作、西山弘征……都是日本画坛的风云人物。日本国多山，人们喜欢以山取名，画家也不例外，因此日本的画坛挤满了大大小小的“山”，形成一个壁垒森严的世界。

我的注意力尚未从大大小小的“山”中抽回，怀先生又从公文包里拿出一本带封套的豪华型大画册摆到我面前，封套上赫然印着四个金字：大师之路，像是某位中央领导的字迹。我抽出画册，翻开扉页，吓了一大跳，那是一幅黑白大头照，怀先生手掐着下巴，作沉思状，像是在照相馆摆好姿势照的。再翻过去，是大山正雄一篇洋洋洒洒的序言，题目叫“大师的摇篮”，把怀先生的作品连同博大精深的中国文化一起称赞了一大番。再翻过去，是当今日本美术评论界的泰斗河南淳一的一篇短评，题为“青春的诗意”，虽为一篇应酬文章，却不可小看。内行都知道，在日本美术界，河南淳一这个名字具有何等的权威，谁能获得他的推介，前程就有了保障。看来，怀先生的背景确实不一般。

可是，翻到了作品部分，我如坠入五里雾中，怀先生的画我实在看不出有什么好，在国内，即使以业余的标准衡量，怀先生的水平也只有中等，而且一看就知道没有多少文化底蕴，是靠一点小聪明弄出来的。最主要的是，怀先生的书法功夫同本人不相上下，带有“文革”时代的特征，让我一下子就看出破绽来。看来，日本人真是看不懂中国画，以前我还不敢相信。事实上，从明治维新后，日本人就把中国画连同中国文化一起扔进了历史垃圾箱，追随西方，弄出一种不三不四的、刻意制作的东西，美其名曰“日本画”，多年来一直占据日本画坛的主流。现在，除了几个头脑冬烘的汉学家，大概没有几个日本人能够真正欣赏中国画的妙处，所以才会有眼前这等怪事发生。

可是，吃了人家的饭，并且还有求于别人，不回报一下怎么行？况且，怀先生两眼盯着我，正等着我呢，我指着其中的一幅画，嗫嚅地说：“这幅画我很喜欢，色彩很柔和……”见怀先生没反应，只好加大筹码：“这幅《长城颂》很有气势，山峰有动感，让人想起李可染先生的……”

一听我提到李可染，怀先生显得很不耐烦，截

从明治维新后，日本人就把中国画连同中国文化一起扔进了历史垃圾箱，追随西方，弄出一种不三不四的、刻意制作的东西，美其名曰“日本画”，多年来一直占据日本画坛的主流。

住我的话头，撇了撇嘴：“他的画在日本根本卖不动，没有人喜欢。”就把这位大名鼎鼎的国画大师派司掉了，弄得我很尴尬。见我说不到点子上，怀先生一把夺过画册，翻到《三顾茅庐图》，说：“你看，这幅画多有气氛，刘备、张飞、诸葛亮，三个人栩栩如生，这雪景，我是用特技画的，有多棒，还从来没有人这么画过，我准备向国家申请专利。”

我想起明末清初的大画家陈老莲画过这个题材，赶紧贴上去：“这幅画真妙，简直可以和陈老莲……”，“陈老莲，他是谁？”怀先生显得很意外，听了我的介绍，瞪大了眼睛：“他能画出这样的雪景？”见他这样不领情，我彻底绝望了，决定主动冒犯一次，便说：“毕加索的人物变形很有意思……”不料没等说完，怀先生拿起啤酒杯就往脖子里灌，看来，他非常讨厌人在他面前提起任何别的画家，不管古今，还是中外。

“你老弟脑子里不是古人就是洋人，那怎么行？数风流人物，还看今朝。你看我，四十岁之前，轰轰烈烈地就把事业干了，日本几家最大的报纸报道过我，《新华社》、《人民日报》的记者采访过我。你想一想，有哪一个中国画家在海外有这样的成功——”说到这儿，又从皮包里抽出一份材料，我一看，是东京某家大美术馆开出给他的收藏证明，上面印着一个天文数字，那家美术馆花了五千万日圆的巨资收藏了他的《长城颂》，毫无疑问，这是当代中国画价有史以来的最高纪录。

我一时有点失语，发现今天与怀先生的谈话整个都是错位，正事还一点没谈呢，东京一家华文小报约我采写怀先生，顺便拉点赞助，出于对这位神秘的艺术大师的好奇，我答应了。没想到那么别扭。正考虑怎么开口，怀先生突然站起身，指着我的鼻子说：“你，不必写我，你还不了解我有多么伟大！”声音之大，惊得邻座的客人纷纷探过头来，说完收起皮包，摇摇晃晃地走了。

望着幽灵般远去的怀先生，我理了理思绪，渐渐想明白：怀先生并不理解发生在他身上的奇迹，他在我面前（想必也在其他人面前）不遗余力炫耀的一切，远远比不上事实本身的传奇性，好比一个乞丐捧着一只来路不明的大金碗到处要饭。他是一个可怜可笑之人。然而，由此暴露出的中日文化交流中的荒谬现象，却是值得深思的。

写于1995年

些篇章偏重于介绍而显得肤浅，缺乏内涵。这种痛苦随着时间的流逝而越发强烈，遂产生修订的念头。这一愿望现在终于实现。

新版《东瀛过客》在旧版的基础上，作了大幅度的调整、扩充与提升，抽掉六篇文章（包括《地铁中的日本人》《东洋巨无霸》《日本人与狗》《温泉王国物语》《东瀛美食笔记》《东洋魔女》），增补十一篇新作（包括《等待上帝》《水墨画师今冈琴子》《日本叛徒高桥敷》《痴汉的乐园》《迷人的寅次郎神话》《混浴古风今何在》《今日克莱登博士》《中、日、韩的“三国演义”》《古董市场上的韩国太太》《从东京来的犹太哥们儿》《神秘的艺术大师》）。做出这样的调整，既是职业道德的要求（抽掉的部分与《暧昧的日本人》内容上有重叠），也是精神成长的需要。古人云：士别三日，当刮目相看。那么，阔别十年，当怎样看呢？何况，这十年正是本人潜心学问、灵性开窍、写作渐入佳境的阶段。有朋友劝我，旧版原有的文章尽量保持原样，我理解他的意思，也感谢他的好意，只是无法采纳。坦率地说，对我等无缘进入历史的小人物来说，保持不保持原样无关宏旨，重要的是把新版《东瀛过客》做得更完美些，更精到些，更别致些，以对得起读者的时间。如此而已。本着这样的态度，我对每一篇文章作了认真的修订，语言表达上的洁癖和不可救药的趣味心，使我不厌其烦地修改每一个段落，推敲每一个字句，可谓殚精竭虑。

此外，新版《东瀛过客》增加图片30余幅。其中十余幅照片摄于留日时代，为首次发表。配上这些图片可以增加阅读的兴味。

新版《东瀛过客》付梓之际，我特别感激青豆书坊总编苏元先生，是她的理解和支持，使我的愿望得到实现，痛苦得到治疗。对本书编辑的认真与辛苦，亦表示感谢。

李兆忠

2011年10月29日

图书在版编目（CIP）数据

东瀛过客 / 李兆忠著. —北京：九州出版社，2011.12

ISBN 978-7-5108-1253-8

Ⅰ.①东… Ⅱ.①李… Ⅲ.①散文集—中国—当代②随笔—作品集—中国—当代 Ⅳ.①I267

中国版本图书馆CIP数据核字（2011）第238826号

东瀛过客

作　　者　李兆忠　著
出版发行　九州出版社
出 版 人　徐尚定
地　　址　北京市西城区阜外大街甲35号（100037）
发行电话　（010）68992190/2/3/5/6
网　　址　www.jiuzhoupress.com
电子信箱　jiuzhou@jiuzhoupress.com
印　　刷　三河市祥达印装厂
开　　本　700毫米×1000毫米　32开
印　　张　8.75
字　　数　130千字
版　　次　2012年1月第1版
印　　次　2012年1月第1次印刷
书　　号　ISBN 978-7-5108-1253-8
定　　价　26.80元